徳 間 文 庫

歌舞伎座の怪紳士

近 藤 史 恵

徳 間 書 店

目次

第一章

今日もまたなにもしないまま、夜になってしまった。

わたしは胸の下までこたつにつっこんだ状態で、外を眺《なが》めた。

もうすぐ母が帰ってくるから、晩ごはんを作らなくてはならない。昨日買ってきた鶏肉があるから、玉葱《たまねぎ》と合わせて親子丼でも作るか、甘辛いタレを作って照り焼き風にしてもいいかもしれない。照り焼きにすれば、母の明日のお弁当にも使える。

買い物に行った当日は魚のおかず、翌日は鶏肉、三日目以降は豚肉か牛肉。肉を漬け込んだりすれば、買い物の回数はもっと減らせる。

シチューや煮込み料理は、二、三日食べ続けることもできるし、時間の節約にもなる。まあ、節約した時間でなにをするかといえば、特に見たくもないテレビを見たり、ネット配信で映画を観たり、図書館で借りてきた本を読むことくらいだけど。

そろそろお米を研《と》がなくては。そう思いながら、こたつで寝返りを打つ。こたつに一緒に入っていた黒いチワワのワルサが不満そうに鼻をブー、と鳴らした。

こたつの上に置いてある携帯電話がメール着信音を鳴らした。上半身をこたつから出して、電話を取った。

メールは母からだった。

「飲んで帰るから夕食いらない」

思わず、小さくガッツポーズをする。ということは、夕食は自分のことだけを考えればいい。インスタントラーメンで充分だ。

米を研ぐ前でよかった。お腹《なか》が空《す》くまで、だらだらすることができる。

そう思いながら、胸が少しちくちくした。

わたし、いつまでこのままなんだろう。

岩居《いわい》久澄《くすみ》、二十七歳。その名の通り、わたしの人生はくすんでいる。これを口に出すと姉の香澄《かすみ》にいつも「じゃあわたしはかすんでいるのか」と言われるから黙っているけれど。

家事手伝いと言えば聞こえはいいが、職業を聞かれれば、無職と答えるしかない。

幸い、母親の美和子が正社員として働いているから、一緒に住んでいれば生活にだけは困らない。生活費をすべて負担してもらう代わりに家事を全部やり、毎日お弁当を作る約束で、月に一万円をもらっている。

収入源はもうひとつ、香澄が衝動買いしたチワワ、ワルサの世話係だ。

姉は二年前から、多摩《たま》市の実家を出て、目黒のマンションでひとり暮らしをしている。その寂しさもあり、ペットショップで見かけたチワワに一目惚れをしてしまったらしい。

ペットショップの店員からは、「チワワは家での運動でも充分ですよ」と言われたらしいのだが、ワルサは散歩と運動が大好きなチワワだった。一日一時間以上歩かないと満足せず、散歩をサボると、ワルサは家中のいろんなものを破壊しはじめた。チワワは非力だが、ワルサは根気だけはある犬だった。ソファに穴が開き、クッションはびりびりに破かれ、香澄のコートにはおしっこがかけられた。そこまでは我慢することができたが、ストレスでワルサにハゲができはじめたとき、香澄は、自分にワルサを飼うのは無理だと気づいた。

もう一頭飼えば、二頭で遊んでくれるかもしれないが、間違いなく破壊力は二倍になる。下手をすれば、ハゲチワワが二頭になるだけかもしれない。

そして、ワルサは我が家に預けられ、わたしがお世話係として任命された。

こちらには異存はない。もう三年間、自宅警備員、つまりはニートをやっている。一日二回散歩に行き、ときどき遊んでやるだけで、月二万円の報酬をもらえるなら、喜んでやる。うちにきて一ヶ月でワルサのハゲには新しい毛が生え始めた。

とりあえず、わたしとしては、今の生活にまったく不満はない。

母と姉からもらう報酬で、携帯電話代と薬代はなんとかなる。服は香澄や母のお古をもらって着ている。今履《は》いているスニーカーも、ワルサの散歩のためという口実で、香澄に買ってもらった。

友達はそんなにいない。数少ない友達も、わたしがお金がないことを知っているから、たまにしか誘われない。

海外旅行に行きたいという欲望もないし、何万円もする服を着たいとも思わない。美容院は半年に一回で充分だ。このままでも別にかまわない。

先のことを考えさえしなければ。

母だって、そう遠くない将来、定年がくる。持ち家だから住む場所を追い出されることはないが、そうなったら母親の年金を頼って一緒に住むのだろうか。

今はまだ、母が働く代わりに家事をしているという言い訳ができる。だが、母娘ふたりで家にいながら、お小遣いをもらっているというのは、あまりにつらい。

幸い、家族との関係は良好だが、母が病気で倒れてしまう可能性だってある。母が働けなくなったら、香澄がわたしと母を支えるのだろうか。彼女は眼科医だから、今はそれなりに収入がある。だが香澄だって、いつ結婚してしまうかわからないし、子供ができるかもしれない。そうなると妹の面倒などみている余裕はなくなるだろう。

だが、働くことを考えると、それだけで息が苦しくなる。心臓の鼓動が激しくなり、嫌な想像ばかりが頭に浮かぶ。

ようやく和《やわ》らいだパニック障害が再発してしまうことだけは、避けたい。

生活保護とか、そういう単語はしょっちゅう頭をよぎる。いつかはそれも真剣に考えなくてはならないのかもしれない。

だが、今はその不安に蓋《ふた》をする。

洗濯をして、掃除機をかけ、ワルサの散歩に行く。夜には食事を作り、食器も洗う。

それだけで、日々は過ぎていく。

その日は火曜日で、香澄が午後から家にやってきた。

火曜日は彼女が勤めているクリニックが休診日だから、だいたい毎週うちにくる。この日は母も早めに帰宅して、家族三人で夕食を食べるのが習慣になっている。

香澄は夕食後に帰るか、もしくはそのまま泊まって、翌朝直接出勤するかどちらかだ。

わたしと母に会いに帰ってくるというよりも、ワルサに会いに帰ってくるという方が正しい。事実、ワルサがくる前は、月に一度くらいしか顔を見せなかった。

憎たらしいことに、ワルサは香澄がやってくると、香澄べったりになる。普段はわたしが世話をしているのに、わたしと目すら合わせない。

どうやらワルサは、家族の中の力関係を正しく把握しているらしい。母がいちばん上で、香澄がその次、わたしはいちばん下。もしかしたら、犬より下。母が仕事から帰ってきたときには全力で喜びを表現するが、わたしが買い物や通院から帰ってきたときは、「留守番させやがって、代わりになんかよこせ」と言わんばかりの態度を見せる。

喜びのあまりひっくり返ってお腹を見せるワルサを、ひととおりかまった後、香澄はスーパーの袋をわたしに差し出した。

「すき焼き食べたかったので、材料買ってきた」

「ありがたいけど、昨日、お母さんが晩ごはん食べなかったから、鶏もも肉が残ってるんだよ」

「じゃあ、鶏のすき焼きは？　牛肉は冷凍して来週でもいいよ」

それはいい考えだ。頭の中で献立を組み立てる。特に買い物に行く必要はなさそうだ。

香澄はワルサを膝に抱いて、こたつに入った。

「コーヒー飲む？」

そう聞くと、香澄は頷《うなず》いた。湯を沸かして、コーヒーミルで豆をひく。

「仕事、忙しい？」

「まあまあかなー。美和子さんも相変わらず忙しくしてるの？」

香澄はときどき、母のことを名前で呼ぶ。わたしはお母さんとしか呼べない。母にまだ依存しているからだろうか。

「うん、ときどき終電で帰ってきたりするよ」

母は大手化粧品会社のラボで働いている。母方の祖母も医師だったから、理系キャリアウーマンの家系なのかもしれない。わたしにはその血は伝わらなかったが。

母と香澄は、わたしが家にいることについて、あまり批判的なことは言わない。そのことには感謝してもしきれない。ただでさえ、外で働いていないことに自責の念があるのに、責め立てられたら、生きていくことすらつらくなるだろう。

たまに会う親戚に、「いつまで家にいるの？」とか「お母さんに心配かけないで働かないと」などと言われるたびに、胃がきりきりと痛んだ。

どうして、人はわたしが好きで時間を浪費していると考えるのだろう。人として正しい形があって、それからはみ出してはいるわたしは、存在価値がないと言われているような気がする。

「それはそうと、こないだ、しのぶさんとごはん食べた」

「へえー」

しのぶさんというのは、わたしたちの父方の祖母だ。父はわたしが高校生のときに母と離婚した。もう再婚して、小学生の娘がいるらしいという話は聞いているが、十年以上会っていないし、会いたいとも思わない。

だが、香澄はしのぶさんに可愛《かわい》がられている。両親が離婚しようと、孫であることに変わりはないからと、しょっちゅう食事をしたり、一緒に旅行に行ったりもするらしい。

わたしはしのぶさんが少し苦手だ。お花の先生をしていて、礼儀作法にもうるさい。つねに自分の行動を見張られているような気がする。

「しのぶさん、最近膝が悪くなっちゃって、あんまり外出できないんだって。移動は全部タクシーだって」

それができる経済力がうらやましい。タクシーになど何年も乗っていない。

「お教室は自宅だからまだ続けているけど、そろそろ閉めようかと思ってるって」

「しのぶさん、いくつだっけ」

「七十六歳」

七十六歳まで生きることを考えたら気が遠くなる。あと五十年近く。

「でさ、しのぶさんが、久澄にバイトを頼めないかって」

「無理無理、わたし、あの人ちょっと苦手」

「いや、直接会わなくてもいいの」

ハンドドリップで淹《い》れたコーヒーをマグカップに注《つ》ぐ。

「直接会わなくていいバイトってなによ」

「お芝居を観に行ってほしいんだって」

「お芝居？」

香澄はワルサを片手で抱いたまま、台所にやってきた。自分の分のマグカップを取る。

「しのぶさん、多趣味で顔が広いでしょ。その縁で、お芝居の切符をよくいただくんだって。膝が悪くてもう行けないからと断ることも考えたらしいけど、行けるときには観に行きたいし、無理して観たい舞台もまだある。だから全部断るのは惜しい」

なんとなく話が見えてきた。香澄と一緒にこたつに戻り、向かい合って座った。

「それで思い出したのが、無職の久澄のこと」

「もうちょっとオブラートに包んで。家事手伝いとか自由人とか」

香澄は無視して話を続ける。

「久澄が、しのぶさんの代わりにお芝居を観に行って、席を埋める。それがアルバイト。もちろんチケットはもらえるし、日当五千円と交通費と諸経費プラスって」

ぐらりと心が動いた。月収三万円で生きている人間にとって、五千円は大金だ。

「しのぶさんとは会わなくていいの……？」

「会わなくていいけど、感想だけメールで教えてほしいって。お礼状を送るときに感想を添えたいから」

劇場の座席に数時間座り、感想をメールで書くだけで五千円。日当としては、高くないが、仕事としてはかなり楽だ。

「その代わり、日時の指定はできないよ。どの日のチケットがくるかはわからない。一週間前までには言うって」

それなら問題ない。予定があると言えば、月に一度のメンタルクリニックだけだが、一週間前なら予約の変更ができる。

わたしは頷いた。

「わかった。やる」


いちばん初めに送られてきたのは、歌舞伎のチケットだった。歌舞伎座、夜の部、一等席、一万八千円。値段を見て気が遠くなる。わたしの月収の半分以上。

観に行って感想を書いて五千円をもらうよりも、このチケットを転売した方が三倍以上の収入になる。

もちろんそんなことはしない。しのぶさんが誰からもらったチケットかわからない以上、下手なことをしてしのぶさんの顔を潰《つぶ》すことになってはいけないし、なにより、バレたら二度と声をかけてもらえないだろう。
手紙が同封されている。毛筆で書かれた手紙は、それだけで強い圧をもってわたしに訴えかけてくる。ちゃんとしなさい。正しく生きなさい。そう言われている気がする。
読みたくない気持ちを抑えて、手紙に目を通す。

春の訪れが待ち遠しい季節になりました。久澄さん、ご無沙汰《ぶさた》しています。お身体《からだ》の具合はどうですか?

しのぶさんとはもう五年くらい会っていない。大学を卒業したとき、そのお祝いとして香澄と一緒に食事に連れて行ってもらった。目のくらむような素敵なフレンチレストランで、鴨《かも》の肉を食べた。緊張して味なんか覚えていない。
わたしはまた手紙の続きを読んだ。

このお願いを引き受けてくれてありがとう。いくつか追加のお願いがあります。まず、筋書を買ってきてください。気に入った舞台写真が売っていれば、それも。かかったお金は諸経費として、後で請求してください。

歌舞伎は公演時間が長いので、途中でお弁当を食べる時間があります。日当の五千円に千円上乗せしますので、それでお弁当を買ってください。

やった、と拳《こぶし》を握りしめる。自宅からおにぎりでも持っていけば、日当六千円になる。しつこいが、月収三万円の人間には千円は大金だ。月収三十万の人にとっての一万円の価値がある。

劇場にはイヤホンガイドがあるので、わからない場合は借りてもいいですが、それは経費に含めません。

くれぐれも遅刻したり、鼾《いびき》をかいて寝たり、携帯電話を鳴らしたり、前のめりになったりしないように。感想を心から楽しみにしています。

後半はやはり厳しい。とはいえ、覚悟していたお説教がなかったことにはほっとする。

しかし、歌舞伎とは思っていなかった。

歌舞伎なんて、高校のときに学校の引率で観に行ったきりだ。テレビに歌舞伎俳優が出ているのを見て、「品がいいなあ」とか「素敵だなあ」とか思うことはあるが、それだけだ。

ふっさふさの獅子《しし》の頭をかぶって、顔を白く塗って、そのふっさふさをぶんぶん振り回すのはどこかで見て知っている。あと、男性が女性の役をすることも。

高校で観たのは、たしか『俊寛《しゅんかん》』という、おじいさんが島に置き去りにされる話だった。途中、がっつり居眠りをしてしまったので、記憶は曖昧《あいまい》だが、おじいさんが「おーい、おーい」と岩の上から、船に呼びかけているところは覚えている。

たしか、感想文を書かされて、「置き去りにされた俊寛がかわいそうでした」と書いたのだった。

だけど、なんで置き去りにされたんだっけ。

まあ、それはあとでネットで調べるとして、問題はどんな格好をしていくべきか、だ。

歌舞伎の観客なんて、セレブか富裕層か、文化資本の豊かな知識人しかいないような気がする。

わたしはといえば、前、美容院に行ったのはいつだか覚えていない。髪はぼさぼさで伸び放題。服だって、香澄や母から、楽な普段着ばかりもらっている。

就職していたときのスーツはあるが、今はもう七号は着られない。九号でも難しいかもしれない。

着物とか着ていくべきなのか。成人式は香澄が着た振袖を、そのまま着た。お古というか、もともとふたりで共有するという話で買ってもらったのだ。香澄は何度かそれを着ているが、わたしは成人式以降一度も着ていない。

いや、振袖を着るには着付けをお願いするのに、お金がかかる。とても無理だ。成人式で着たときも苦しかったし、それで観劇など大変だ。

わたしは大きなためいきをついた。やっかいなことを引き受けてしまったかもしれない。

なぜ、外に出るだけでこんなに面倒な壁が立ちはだかるのだろう。

その日、母は九時過ぎに帰ってきた。

「あー、帰ってすぐにごはん食べられるの最高!」

鰆《さわら》の西京焼きと、小松菜のおひたし、大根と揚げの味噌汁、ポテトサラダ。母はごはんはよそわずに、冷蔵庫からビールを出して、ぐびりと飲んだ。

わたしは先に食べてしまったから、お茶だけ淹れて、母の向かいに座る。

「人が作ってくれたごはんほどおいしいものはないわ」

母は毎日のようにそう言う。わたしが食事を作るようになって、もう三年近く経《た》つのに。

だが、母は結婚して、香澄とわたしを産み、育てる間、ずっと働きながらごはんを作ってきた。父はほとんど家事をしない人だった。高校生になってから、わたしや香澄もときどき作るようになったが、やはり家事のほとんどは、母の役目だった。

その二十年以上の日々に比べれば、たった三年なんて母にとっては短い時間なのかもしれない。ごはんを作ってもらうこと、そのものがうれしいと感じるほど。

「せめてわたしが作ったごはんはおいしいって言ってよ」

「ほんとそうね。久澄のごはんはおいしい。今日のお弁当に入ってたウインナーとピーマン炒めたのもおいしかったよ」

「あんなの大した料理じゃないよ」

とはいえ、昨夜作った肉じゃがと茹《ゆ》でたブロッコリーだけでは寂しい気がして、急遽追加したおかずだから、褒められるのはうれしい。

わたしはほうじ茶を一口飲んだ。

「ねえ、お母さん、歌舞伎観に行ったことある？」

「あるわよ。昔、しのぶさんに連れて行ってもらった。爆睡して、あとで嫌味言われたけど」

母らしいと思う。あまり芸術や文化に興味のない人だ。

「どんな格好していったらいいと思う？」

母の箸《はし》が止まった。

「ああ、あの、しのぶさんのバイト？　歌舞伎だったの？」

わたしは頷いた。バイトのことは母にも話した。

「チケット高いんじゃないの？」

「一万八千円だって」

「ひええ。でもいいなー。ぱーっとしてきれいだったわよ。どんな話か覚えてないし、寝たけど」

わたしは笑って、余分に切った白菜漬けをつまんだ。

「でも、普段着でいいんじゃない。しのぶさんと一緒に行くなら気を遣うけど。別にみんな普通の格好だったわよ。そりゃパジャマなんかは駄目だけど、普通に銀座に遊びに行く格好で」

どうやら正装とか着物とかで行かなければならないわけではないようだ。

「わたしの普段着って、本当に普段着だもの」

毛玉のついたセーター、色のあせたスウェット、膝の抜けそうなデニム、そんなものばかり着ている。靴だって、スニーカーばかりだ。

「ワンピースとかでいいんじゃない？　もう昔の入らない？」

「たぶん無理」

「じゃあ、お母さんの貸してあげるから、タンスの中から好きなの選びなさい」

「やった！　ありがとう！」

母は五十七歳だが、極端な若作りでもなく、かといっておばさんっぽくもない、洒《しゃ》落《れ》た服をたくさん持っている。その分、手入れして長く着るので、なかなかお古は回ってこない。

「この前着てた、ベージュのシャツワンピースがいいなー。前でリボン結ぶ形の」

「あれかあ。気に入っているから汚さないでよ」

「気をつけます」

貸してもらうワンピースは、ユニセックスなデザインだから、足下はスニーカーでも大丈夫そうだ。

と、なると問題は髪だ。さすがに美容院代は諸経費に含められない。千六百円という安さのカットサロンに一度行ったが、雑なやり方に不安が募《つの》って息苦しくなってしまった。知っている美容師さんのいるヘアサロンに行きたいが、そうなると五千円近くする。日当がなくなってしまうが、それでもさっぱりするだけでもいいと考えるべきなのだろうか。

念のために母に聞いてみた。

「歌舞伎に行くなら、髪切った方がいいかな」

母はちらりとわたしを見て即答した。

「歌舞伎に行かなくても、切った方がいいと思うわ」

当日、わたしは開演の二時間前に家を出た。

さすがに早すぎるかもしれないが、銀座に出るなんて何年ぶりかわからない。電車に乗っている間に気分が悪くなってしまう可能性もある。

母に言われた通り、髪を切った。たしかにそれだけで、頭が軽くなり、鏡を見てももっさりとした感じが薄くなった気がする。

母から借りたワンピースに、毛玉を丁寧に取ったカーディガンを羽織《はお》り、新しいタイツを下ろした。

出かけるためにおしゃれをするなんて、ずいぶんひさしぶりだ。眼鏡《めがね》と見たお芝居の感想をメモするノートも鞄《かばん》に入れた。

外だ、と思った。わたしは今日外に出る。

不安はあるが、それでもなにかをしなければならないわけではない。椅子に座って、じっと前を見ていればいいだけだ。

働いたり、誰かと会ったりするよりも、ずっとハードルは低い。

だから、大丈夫。自分に言い聞かせるようにそう考えた。

歌舞伎座が銀座にあることは知っている。前を通ったこともある。だが、中に入るのははじめてだ。高校生のとき、学校で観に行ったのは国立劇場だった。

夜、寝る前に調べると、東銀座で降りるのがいちばんいいようだったが、早く着いたら、銀座を散歩してもいいかもしれない。

そんな気分になったのはずいぶんひさしぶりのことだ。

メンタルクリニックに行くために街に出るときも、いつも寄り道せず目的地に向かい、終わった後は、すぐに帰宅していた。

少しだけでも身ぎれいにしたからかもしれない。

東銀座に到着したのは、開演の一時間前だった。うろうろする前に入り口だけでも確認しておこう、そう思って地下鉄を降りた。

改札を出ると、多くの人が改札に向かって歩いてくるのが見えた。通勤ラッシュかと思うくらいの人混み。一瞬、心が強《こわ》ばるのがわかった。

すぐに気づいた。これは昼の部が終わって、歌舞伎座から出てきた人たちだ。人の流れに逆らいながら、出口に向かう。

そのまま、外に出るつもりだったのに、大きなホールのような場所に出た。

驚いて、足が止まった。

地下とは思えないほど天井が高く、そして広い。お弁当を売っている店や、コーヒーショップ、和菓子やお茶などを売っている。

人は多いが、空間が広いので、不安感はない。家からおにぎりを持ってきたから、なにも買うつもりはないが、時間があるので見て歩くことにする。

急いでいる人はほとんどいない。みんな連れと談笑しながら、土産物を買ったり、売っている小物を見たりしている。女性が多いが、男性もそこそこいる。

ほとんどが歌舞伎を観にきた客なのだろう。

もっと堅苦しく、上品な人たちしかいないのではないかと思っていたが、この場にいる人たちは、街で歩いている人たちと変わらない。若い人もいるし、年配の人もいる。和服を着ている人の率は、街中より多い気がするが、普段着と変わらない人もたくさんいる。

少し緊張がほぐれた。クラシックのコンサートのように、咳払《せきばら》いすら許さないような緊張感に包まれている気がしていたが、そうでもなさそうだ。

もしかしたら、クラシックのコンサートだって、わたしが思っているようなものではないのかもしれない。行ったことがないのに、イメージだけが先行している。

木彫りの根付けの実演販売をしばらく眺めていると、開場のアナウンスが聞こえてきた。いつの間にか三十分近く経っていたらしい。

ゆっくりと人が移動しはじめる。流れにのって、わたしも上りのエスカレーターに乗った。

エスカレーターはそのまま外に繋《つな》がっている。ちょうど歌舞伎座の前、小さな稲荷神社の前に出た。

劇場の前にお稲荷さんがあるなんて、歌舞伎座らしい。動きを止めてしまうから、お参りはできないが、帰りに少し手を合わせてみたい。

人々は劇場の中に少しずつ吸い込まれていく。

チケットを切ってもらって、中に入った。いきなり華やかな空間が目に飛び込んでくる。

二階まで吹き抜けになったロビー。朱塗りの柱、二階には提灯《ちょうちん》がずらりと並んでいる。朱色の絨毯《じゅうたん》には鳳凰《ほうおう》をデザインしたような模様があり、ふかふかと柔らかい。あっけにとられたが、後ろからどんどん人がくるので、立ち止まっていられない。やるべきことを思い出す。

近くで売っている筋書を買う。千三百円。自分だったら絶対買わない値段だが、これもアルバイトのうちだ。舞台写真はどこに売っているのかわからない。だが、舞台を観てからでないと、写真だけ見てもわからない気がする。それは後回しにしてもいいだろう。

「気に入ったものがあれば買ってくるように」と手紙に書いてあったから、なければ買わなくていいはずだ。

お手洗いは地下にあった。エスカレーターでまた降り、用を済ませてから戻る。エスカレーターの手すりや、段差も朱色に塗られて、ロビーの内装に溶け込んでいる。

ようやく劇場内に入って、座席を探す。

真ん中よりも少し後ろ、通路のそば。たぶんそれなりにいい席なのだと想像できる。

座席の間を渡っていく橋のような舞台は、花道だ。これは最初に観たとき教えてもらった。

席に座ると、急に力が抜けた。気分が昂《たか》ぶっていたことにようやく気づく。興奮しすぎると、後でまた寝込んでしまう。サーモマグに入れてきたコーヒーを飲んで、気持ちを落ち着ける。

買ってきた筋書を開く。夜の部の演目は三つ。

『摂州合邦辻《せっしゅうがっぽうがつじ》』『身替座禅《みがわりざぜん》』『京鹿子娘道成寺《きょうがのこむすめどうじょうじ》』。『娘道成寺』は聞いたことがある。たしか、安珍清姫《あんちんきよひめ》の話だ。他のふたつは知らない。

予習のために筋書を読み始めたときだった。

「失礼します」

声をかけられて顔を上げる。六十代くらいだろうか。背の高い男性が身体をかがめてわたしを見ている。

「は、はい⁉」

顔を見てもまったく覚えがない。知らない人にいきなり話しかけられて、全身が強ばる。わたしになんの用があるのだろうか。

固まっているわたしを見て、彼はもう一度言った。

「前、失礼してもよろしいですか？」

「あ、あっ、すみません」

どうやら、わたしの座席と同じ列の人だったようだ。それと気づかずに挙動不審な行動を取ってしまった。

彼はわたしの前を通ると、隣に腰を下ろした。

髪には白髪がまじり、皺《しわ》も多いが、背中はすっと伸びている。痩《や》せていて、着ているスーツも高級品のように見える。

もちろん、高級品と安物の区別がつくかどうかは自信がないけれど、彼が着ているスーツは、身体にぴったりと添っている。

父親と同じくらいの年齢かもしれない。ひさしぶりに父のことを思い出した。

わたしの顔は父によく似ている。母に似ている香澄のことがいつもうらやましかった。

母と香澄は、笑うと目尻が下がる、優しそうな顔をしている。美人というわけではないけど、人に好感を与える顔だ。

父は眉毛も濃く、顎《あご》や頬骨《ほおぼね》がしっかりとした顔だ。わたしの顔も口紅を塗っただけで、厚化粧をしているように言われる。喋《しゃべ》らなくても自己主張が強いように思われる。かといって、美人というわけではない。単に男性的な顔というだけだ。

隣にいる男性はハンサムだが、顔の肉が薄く、繊細そうな雰囲気だ。わたしが歌舞伎座や、クラシックのコンサートにいそうだと想像していたような人だ。

――こういうお父さんだったらよかったのに。

ふいにそう思った。父のことはずっと嫌いだった。

お酒をたくさん飲むわけでもないし、ギャンブルをするわけでもない。ただ、嘘つきだった。

子供の頃、プールに行く約束をしていても、その日になると頭が痛いと言って寝ていたり、予定があると言って出かけてしまった。父親だって完璧ではいられないし、いろんな事情がある。それはわかっている。

でも、父は「そんな約束などしていない」と言うのだ。まるでそう言えば、なかったことになると思っているように。

北海道に出張で行くとき、わたしはキティちゃんのキーホルダーをねだった。それも「そんな話は聞いていない」と言った。

そんなことがあるたび、父への信頼は少しずつ削られ、やせ細っていく。

そして、わたしが十五歳のとき、父の浮気が発覚した。会社の部下である女性と恋愛関係にあったのだ。

わたしが小学校五年生のときにはじまり、中学に通っていた三年の間、ずっと関係は続いていた。残業や上司とのゴルフだと言った日のうち、半分以上はその女性と会っていたという。香澄が高校受験を頑張っていたときも、母が仕事と家事を必死に両立させようとしていた期間も、ずっと嘘をつき続けてきたのだ。

わたしは知った。小さな嘘をつく人は、大きな嘘をつき続けるのだ。

父と母は離婚した。母は「仕事をやめなくて本当によかった」と何度も言っていた。

父は不倫をしていた女性とも別れて、別の女性と結婚した。新しい奥さんがどんな人かは知らない。わたしの異母きょうだいに当たる子供にも興味はない。

ただ、父のことを考えるときいつも思う。まだ嘘をつき続けているのだろうか、と。

よく考えれば、今隣にいる人も、礼儀正しくて身ぎれいにしているというだけで、嘘つきでないという証拠はどこにもない。

拍子木《ひょうしぎ》の音がする。どうやら、そろそろはじまるらしい。

わたしは椅子に座り直した。

幕が開く。

右手の方に、裃《かみしも》を着た人と三味線《しゃみせん》を弾く人がいた。たしか、『俊寛』を見たときも、この人たちはいた。義太夫《ぎだゆう》で物語を語る人だと聞いた。

最初は、法事のような場面からはじまった。この家の娘が死んだらしい。

老夫婦が、娘の死を嘆《なげ》いている。

なにを言っているのか、正直、ぼんやりとしかわからない。眠気が少しずつ押し寄せてくる。

なにげなく隣の席を見て、驚いた。

前の椅子の背に小さな液晶画面がついていて、そこに字幕が出ている。他の席を見回しても、そんなものはついていない。隣の紳士の前だけだ。

イヤホンガイドのように、借りられるものだろうか。もしかすると、この紳士は聴いや、先ほど会話をしたから、そうではないと思う。

こっそりと字幕を盗み見る。

耳で聞いている状態ではよくわからない義太夫も、文字で見ると少しわかりやすくなる。知らない単語でも漢字で書かれたものは、意味が推測しやすいのと同じだ。

老夫婦が話をしていると、そこに女性がやってくる。

紫がかった紺色の着物を着て、同じ色の布を頭にかけている。片方の袖だけが、赤く華やかな模様をした不思議な着物だ。どうやら、片方の袖だけを千切って、それで顔を隠しているようだ。

名前も知らない女形《おんながた》だが、登場しただけで客席がいい匂いに包まれるような気がした。

ただ、女装姿が美しい人というだけではない。指の先まで美しくあることに気が配られている。男性だなんて嘘のようだ。

どうやら、彼女は死んだとされた、この家の娘らしい。

ここから、なぜ、死んだことにされたかの説明がはじまる。

玉手《たまて》というその娘は、年の差がある偉い人と結婚した。だが、その義理の息子に恋をして、追い掛けまわしているらしい。

偉い人にお世話になっている父親は、そんな娘を恥じて、表向きは死んだということにした。

少し驚いた。歌舞伎など難しい話だったり、堅苦しい話ばかりかと思っていたが、ひどく生々しい。

言っていることがわからなければ、隣の席の字幕をこっそり盗み見る。

父親は、玉手に尼《あま》になるようにと言っている。尼になれば、その偉い人に言い訳ができるのだろう。

だが、玉手はそれを拒否した。

俊徳丸《しゅんとくまる》というその義理の息子と結婚したい。親心で結婚させてほしい。玉手はそんなことを言い出した。父親はもちろん怒り狂う。

この場は、母親が娘を説得するということで、三人は奥へ引っ込んだ。

娘の言い分はあまりにひどい。たぶん、昔の価値観では、彼女に罰が与えられることになるのだろう。

だが、年の離れた男性と結婚させられたのは少し可哀想な気もする。

そう思っていると、今度は舞台に、美しいお姫様と、薄い紫の着物を着た男性が登場する。

男性が玉手の恋している俊徳丸。お姫様は浅香姫といいその許嫁らしい。この家に身を隠していたという。この家に玉手が帰ってきたということは、早く逃げなくてはならない。

ふたりが逃げだそうとしていると、玉手に見つかってしまう。

そこから、玉手は大暴れだ。俊徳丸に言い寄り、お姫様にあからさまに意地悪をする。

おまけに俊徳丸が病気になったのは、自分が毒を飲ませたせいだと言い出す。

いやいや、それはダメだろう。さすがにわたしもそう思った。とはいえ、舞台上で自由奔放に振る舞い、大暴れする玉手は大人しく、正しいお姫様より魅力的だった。

そのとき、玉手の父親が玉手に襲いかかった。


終わった後、わたしは放心したように座席に座り込んでいた。

なんだろう。おもしろかったというのは簡単だが、すごいものを見てしまったような気がする。

映画を観るのは好きだが、目の前に本当に役者がいるという状況は、考えていたよりずっとドラマティックだった。

休憩時間は三十分。みんなお弁当を食べ始めたり、席を立ったりしているが、わたしは持ってきたおにぎりを食べる気にもなれない。

ただ、ぼんやりとその場に座っている。

隣の紳士がまた「前、失礼します」と言って、席を立った。この人が持っている字幕を表示する液晶に、ずいぶん助けられた。あれはどこかで借りられるのだろうか。

正直、ストーリーは荒唐《こうとう》無稽《むけい》だった。そんなことがあるはずはないと失笑しそうになってしまった部分もある。

だが、それを補ってあまりある力を感じた。気持ちが動かされた。

声だったり、役者の肉体だったり、義太夫の語りだったり、現代のストーリーとは、まったく違う物語の展開だったり。

一万八千円は高いけど、高くない。そう思った。まだここからふたつ演目があるのだ。わたしにとっては高いけれど、このお芝居の価値としては高いとは思わない。

何度もためいきが出た。血が沸《わ》き立っているようだ。

ふいに、ふたつ前の席にいる女性が目に入った。

女性はきょろきょろとあたりを見回しながら、ふたつ前の座席列を歩いている。自分の席に着こうとしているのではない。なにか怪しげなふるまいだ。

四十代くらいだろうか。華やかな化粧と地味な服。妙にバランスが悪い気がする。

彼女は、座席においてある紙袋に手を入れた。そこからペットボトルを抜き出し、自分の鞄から、別のペットボトルを出してすり替える。

そのまま早足で、逃げるように立ち去った。

わたしはぽかんと口を開けて、その人のしたことを見つめていた。

第二章

今のはいったいなんだったのだろう。

自分の見たものが信じられなくて、わたしはまわりの観客たちを見回した。みんなお弁当を食べたり、誰かと談笑したりしていて、今起こったことに注目している人はいないようだった。

心臓の鼓動が早まっていく気がする。わたしは胸を押さえて深呼吸した。

落ち着け、落ち着け、久澄。そう自分に言い聞かせる。

今見たことは、きっとなんでもないことだ。ペットボトルを交換した女性は、その荷物の持ち主で自分で自分のペットボトルを入れ替えたのかもしれない。もしくは荷物の持ち主に頼まれたという可能性だってある。なんでもないことだ。わたしがこんなに不安になる必要はない。

だが、もし、そうでなかったら。

考えたくないのに、考えてしまう。

誰かの荷物の中身を入れ替えるのは、なんのためだろう。財布ならばお金目当てで、携帯電話ならば、それを売るか、中に入っている情報が目当て。だが、ペットボトルならば、中に毒を入れることもできる。

落ち着け、久澄。不安になることを考えてはいけない。過呼吸になってしまう。そう自分に言い聞かせるのに、考えることを止《や》められない。

財布はさすがに席に置きっぱなしにはしないが、ペットボトルならば置いたまま、トイレに行くこともあるだろう。意識などせずにやってしまっていることだ。

もし、毒ではなくても体調を崩してしまうようなものが入っていたら。

「前、よろしいですか？」

そう話しかけられて飛び上がった。先ほどの紳士だった。

「す、すみませんっ、気づかなくて！」

立ち上がって、彼を通す。彼はわたしを見て、妙な顔になった。

「ご気分でも悪いんですか？」

「えっ、え。え？」

「失礼ですが、お顔の色が優れないようなので……」

「だ、だ、大丈夫ですっ」

ろれつが回っていないが、なんとか返事をする。

「そうですか。もし、お手伝いできるようなことがありましたら、おっしゃってください」

ごくり、と喉《のど》が鳴った。あのことを彼に相談してもいいのだろうか。

誰かが「そんなことよくあることだ」とか「見間違いだろう」とか言ってくれたら、少し気持ちが楽になる気がする。

もし、あの席に戻ってきたのが、先ほどペットボトルを入れ替えた女性だったら、なんの問題もない。変なことを考えた自分を笑い飛ばして終わりだ。

だが、まったく違う人がやってきたのなら、この人に話してみよう。

そう決心すると、少し脈が落ち着いてきたような気がする。

隣の紳士は、筋書を広げて読んでいる。わたしはポットに入れたコーヒーを飲んだ。

開演五分前のブザーが鳴って、わたしはおにぎりを食べそびれてしまったことに気づいた。

席を離れていた観客たちが、座席に戻ってくる。

ふたつ前の座席列を凝視した。先ほどの女性が戻ってくれば、すべて解決だ。

だが、そこに座ったのは美しく髪を巻いた、若い女性だった。

次の演目、『身替座禅』はコメディだった。

お殿様は、好きになった女性のところに忍んでいきたい。だが、見つかれば怖い奥方に叱《しか》られる。

だから、一晩、座禅を組んで修行をすると嘘をついて、家来の太郎冠者《たろうかじゃ》を身替わりにして、屋敷を抜け出す。

台詞《せりふ》の中には難しくて意味がわからない単語もあるが、それでもなにを話しているかはよくわかる。少しも難しくないし、明白だ。

だが、少しも話に集中できない。

ふたつ前の座席の女性のことばかり考えてしまう。

顔はちらりと見ただけだが、かなりの美人だった。若くて美しく、髪を整えて、高そうなワンピースを着ている。そこにいるだけで、価値があるような女性。

年齢はわたしと大差ないかもしれないが、まったく違う世界の人のように思える。

彼女は、隣に座った男性と楽しげに談笑していた。男性は四十代くらいだろうか。

恋人にしては年が離れているが、親子ほどは離れていない。

ペットボトルを入れ替えた女性が近くにいないか、視線を動かしてみたが、目につくような場所にはいなかった。

チケットを持っていなければ入れないとしても、二階席も三階席もある。一階席にいるとは限らない。

舞台の上では、布をかぶって、殿様のふりをしていた太郎冠者が、殿様を心配して見にきた奥方に見つかってしまっていた。

太郎冠者の話を聞いた奥方は、怒り狂う。そして、太郎冠者に見せかけるため、同じ布をかぶって座禅をしながら、殿様を待つことにした。

好きな女性と密会して、ほろ酔い気分で帰ってきた殿様は、逢瀬《おうせ》の詳細を惚気《のろけ》ながら、太郎冠者に語る。もちろん、布をかぶっているのは太郎冠者ではなく、奥方だ。

客席からはしょっちゅう、笑い声が起こっていた。少しも堅苦しくないし、なにも知らなくても楽しめる。

それなのに少し悲しくなっている自分がいた。

奥方は、身体が大きく、わざとおもしろい顔に見せるような化粧をしている。侍女役の美しい女形たちとは対照的だ。もしかすると演じているのは女形ではないのかもしれない。

浮気をされただけで、奥方はなにも悪くないのに、大柄で美しくないことで笑われている。

わかっている。自分が浮気という題材にナーバスになっているだけだ。声を上げて笑っている人たちが冷たいとは思っていない。

他の題材なら、わたしだって声を上げて笑うのだろう。

歌舞伎が堅苦しく、難しいだけではないことがわかったのは、よかった。この演目なら、知識がない人が見てもおもしろく感じるだろう。

一時間ほどで上演は終わった。また休憩がある。隣の席の紳士は、今度は席を立たずにペットボトルのお茶を飲みながら、筋書を読んでいる。

わたしは呼吸を整えた。時間が経ったせいか、動揺もかなり落ち着いている。

「あの……変なことを言うかもしれないんですけど」

そう話しかけると、紳士は少し驚いたようにこちらを見た。だが、口許《くちもと》には柔らかい笑みが浮かんでいる。安心して喋れる気がした。

「先ほどはありがとうございます」

「いえいえ、ご気分は大丈夫ですか？」

「落ち着きました。で、わたし、さっき変なものを見てしまったんです」

彼の目がすっと細められた。

「前の席の荷物を、勝手に弄《いじ》っている人がいたんです。その席に座っている人ではありませんでした」

「置き引きかもしれませんね。係の人に話してみましょうか」

はっとする。劇場の人に話すという方法があることに気づかなかった。

「置き引きと言うよりも、ペットボトルをすり替えていたように思うんですけど……変ですよね」

置き引きなら、まだ話しやすい。だが、ペットボトルをすり替えたという話は突飛すぎて、信じてもらえないような気がする。

「見間違いだったら、係の人に迷惑をかけてしまうのではないかと思って……」

紳士は眉間に皺を寄せた。

「それでも、口にするものですからね。見間違いでなかったときに、大変なことになるかもしれない。置き引きより悪質ですよ」

ふいに泣きたいような気持ちになった。

初めて会う人なのに、わたしが口にしたことを聞き流さず、ちゃんと受け止めてくれた。

彼は制服を着た案内係の人を呼び止めた。わたしが話したことをかいつまんで、説明する。どの席だったかは、わたしが教えた。

「わかりました。その席のお客様にお伝えしておきます」

案内係の女性はそう言うと、ふたつ前の席に向かった。座席のそばにしゃがんで、席に座っている女性となにかを話している。

髪を巻いた美しい女性は、不思議そうな顔で、ペットボトルを取り出した。コーラかなにかのようだ。そこからまた少し会話が続いている。

案内係の人が戻ってきて、紳士に話しかけた。

「お話ししましたが、ペットボトルは未開封のものでした。もともと自分で蓋を開けて、少し飲んだはずなのに、新しいものになっているとおっしゃったので、誰かが取り替えたことは間違いないようです。お客様も気持ち悪いので、飲むのをやめるとおっしゃっていました」

わたしは紳士と顔を見合わせた。

つまり、蓋が開いたものを、新しいものにすり替えたということだろうか。いったいなんのために。

「そうでしたか。お手数おかけしました」

紳士は案内係の女性にそう言った。彼女は笑顔で会釈をした。顔見知りなのかもしれない。

ふと、顔を上げて気づいた。ふたつ前の席、美女の隣にいる男性が、紳士を見つめていた。

その顔には、憤《いきどお》りのような表情が浮かんでいた。


『京鹿子娘道成寺』は舞踊の演目だった。

想像していた安珍と清姫の話ではなく、小坊主たちがなにか話をしている。

たぶん、張り詰めていた気持ちが緩《ゆる》んだのだろう。急激に眠気が押し寄せて、うとうとと居眠りをしてしまった。

目が覚めたときには、薄紫の着物を着た女形が踊っていた。舞台装置の桜も霞《かす》んでしまうほど美しい。

ほう、とためいきが出た。

日本舞踊をちゃんと観たのははじめてだ。テレビでちらりと見たことはあるが、それだけだ。バレエは中学校のとき、友達の発表会を観に行った。ヒップホップダンスは、高校の体育の授業でやった。

長唄の歌詞の意味はわからない。踊りも、激しいダンスとはまったく違う、ゆるやかな動きだ。

だが、腰を軽く落とした姿勢は、見た目以上に体力を使うだろうし、なによりも美しい。

舞台に見とれていると、ふたつ前の席にいる髪を巻いた女性が目に入った。かくん、かくんと揺れているから、居眠りをしているのだろう。そういえば、『摂州合邦辻』でも眠っている人がいた。

たしかにゆったりしたリズムの長唄や浄瑠璃は、眠気を誘う。退屈で眠るのではなく、心地よい眠気の中に引き込まれてしまうのだ。

先ほど、男性が隣の席の紳士を睨《にら》み付けていたのはなぜだろう。

案内係の人は、髪を巻いた女性に話しかけてから、その後すぐ、紳士に報告にきた。たぶんすり替えを目撃したのは紳士だと思ったのだろう。だが、睨み付ける理由はわからない。

嫌な考えが浮かぶ。もしかして、連れの男性が誰かに頼んでペットボトルをすり替えさせたのだろうか。

あることを思い出す。

大学生になり、新入生歓迎会に行くとき、香澄がわたしに言った。

「トイレに行く前は絶対飲み物を全部飲んでからね。もしくは途中で席を立ったら、それを飲まずに新しいものを注文すること」

はじめは香澄がなにを言っているのかわからなかった。

香澄の通っていた大学で、サークルの上級生が下級生の女の子に薬物を飲ませて連れ帰ろうとする事件が起こったという。幸い、女の子がその場で深く眠りこけてしまい、不審に思った店員が救急車を呼んで、大事には至らなかった。

どこにでも悪意を持った人はいる。不特定多数が出入りする場や、あまりよく知らない人と食事するときには気をつけるように、香澄に言われた。

だが、未開封のペットボトルになにかを混入するのは難しいのではないだろうか。注射器のようなもので注入しても、そこから飲み物が漏れ出してしまう。

ペットボトルをすり替えた人がいるのは間違いない。だが、すり替えられたものは未開封だった。

思い浮かぶのは、その女性のDNAを手に入れて、DNA鑑定かなにかをするという理由くらいだが、その先はまったく想像がつかない。

ふいに、舞台の上にいる女形の着物が剝《は》ぎ取られた。一瞬にして別の白い着物に替わる。三角が積み重ねられた模様が、蛇《へび》の鱗《うろこ》を模していることに気づく。

彼女は、清姫の亡霊だったのだ。


舞台が終わり、わたしはためいきをつく。足早に観客たちが出て行く。ふたつ前にいた華やかな女性とその連れも、談笑しながら劇場を出て行く。

わたしはなにかを未然に防げたのだろうか。それともただの杞憂《きゆう》だったのだろうか。

立ち上がる前に、紳士に頭を下げた。

「どうもありがとうございました」

「いえいえ、わたしはたいしたことはしていませんから」

だが、彼が係員に話してくれなかったら、わたしはずっと悶々《もんもん》と悩んでいたかもしれない。

「歌舞伎はよくご覧になるんですか？」

いきなりそう問われて、わたしは首を横に振った。

「いえ、今日、はじめてです。チケットをもらったので……」

「そうなんですね。楽しまれましたか？」

「ええ、すごくおもしろかったです。特に最初の……」

「『合邦』ですか？」

彼は少し驚いたような顔をした。残りのふたつもおもしろかったが『摂州合邦辻』には予想もしていなかったおもしろさがあった。

観客が少なくなっていく。わたしも立ち上がった。

「では、ありがとうございました」

紳士は軽く会釈をした。

知らない人と気持ちのいい会話ができると、少し気持ちが上向きになる。世界は思ったほど悪くないと信じられるからかもしれない。それがつかの間の妄想であっても。

出口まで歩いていると、係員が客席で眠る女性を起こしていた。

「お客様、もう終演でございます。お客様？」

声をかけても、彼女は鼾をかきながら、深く眠りこけている。その顔を見た瞬間、わたしは息を呑んだ。

それはペットボトルをすり替えた女性だった。

どんなに激しく揺り起こしても、彼女は目覚めようとはしなかった。

係員が集まって、救急車を呼ぶかどうか相談しはじめる。後ろから紳士に声をかけられた。

「どうかなさいましたか？」

「この人……ペットボトルをすり替えた人です」

ちょうど、そばに立っていたのは、先ほど前の席に伝えてくれた、若い係員だった。

彼女もそれを聞いて驚いた顔になる。

紳士は険《けわ》しい顔で、眠りこける女性のそばにしゃがみ込んだ。

「なにか薬物を摂取したのかもしれない」

それを聞いた係員が走って行く。救急車を呼びに行ったのだろう。

紳士はわたしの方を見た。

「時間が遅いですから、もう帰られた方が……」

携帯電話で時刻を確認すると、まだ九時だ。まだ終電には早い。

「大丈夫です。わたしも気になるんです」

このまま帰宅しても、なにが起こったかわからないと眠れない。

帰りが遅くなることも考えて、ワルサの散歩も済ませてきた。ワルサの夕飯のことも、母に頼んである。

終電を逃さなければ大丈夫だし、香澄の家に泊めてもらうこともできる。

「お近くですか？」

「家は少し遠いですが、姉が目黒に住んでいるので泊めてもらえます」

ほどなく、救急車がやってきた。担架に乗せられ、運ばれる間も女性は目覚めようとはしなかった。

紳士はわたしに言った。

「タクシーで後を追いましょう」

わたしは勢いよく頷いた。

到着したのは、銀座から近い古い病院だった。

女性が救急室に運ばれて、処置を受ける間に、わたしは母の携帯に電話をかけた。

「ごめん。もう帰ってる？」

「うん、今帰ってきたところ。ワルサにはフードやったわよ」

「ありがとう。それで、ちょっと遅くなるかも」

「別にいいけど、どうかしたの？」

「たいしたことじゃないんだけど、帰ったら説明する。あまり遅くなるようだったら香澄の家に泊めてもらうかも」

「遅くなるようならそうしなさい。明日の朝もワルサにごはんやっておくから」

「うん、そうする」

電話を切って、次は香澄にメッセージを送る。

「遅くなるかもしれないから、今晩泊まりに行っていい？」と聞くと、「珍しいね。散らかってるけど、いいよ」という返事が届く。

香澄の家までなら、最悪、タクシーでも帰れる。できれば地下鉄のある時間に帰りたいが。

電話を切って、待合室にいる紳士のところに戻る。彼も携帯電話でなにかを見ていた。

同じソファの少し離れた場所に腰を下ろした。なにか話した方がいいかもしれないが、知らない人と会話をするのは難しい。黙っていると、彼の方から口を開いた。

「『合邦』のどこが気に入りましたか？」

わたしは彼の方を見た。この状況で、そんなことを聞かれるとは思わなかった。

頭の中で整理しながらゆっくりと話す。

「こういう言い方が正しいかどうかはわかりませんけど……なんか歪《いびつ》な話だと思いました。義理の息子の俊徳丸に恋をして、彼と婚約者を引き離すため、彼の容姿を醜《みにく》くして、家を飛び出した俊徳丸を追い掛けて。でも、それが全部嘘だったなんて。でもそこがおもしろかったです」

娘の醜態に怒りを覚えた父親によって、玉手は胸を刺される。だが、その状態で、玉手は真実を告白するのだ。

実は、俊徳丸の兄が、俊徳丸を恨《うら》んで殺害を企《たくら》んでいる。兄のことを夫に告げるのは簡単だが、兄も夫にとっては大事な息子であり、また義理の母親だから義理の息子に愛情がなく、だから告げ口したのだろうと言われるのは、自分も悔しい。だから、告げ口はしたくない。

俊徳丸を病気にしてしまえば、兄も殺そうとはしないだろう。玉手はそう考えて、毒を飲ませた。しかも、その毒は玉手の血で解毒できる毒であるという。急に荒唐無稽なファンタジーになった。

前半の、義理の息子に恋をする女という生々しさと、後半の少し無理があるようなどんでん返し。ファンタジーでもあり、ミステリーでもある気がした。

紳士はかすかな笑みを浮かべた。

「たしかに変な話ですよね。もともと、俊徳丸伝説という伝説が存在していて、それを元にしているんですよ。元は、自分の息子を跡取りにしたい義母によって、俊徳丸は毒を飲まされ、みすぼらしい姿になって放浪するのです。貴種流離譚《きしゅりゅうりたん》のひとつですね」

貴種流離譚という単語はたしか、大学の国文学の授業で聞いた。高貴な生まれの者が、困難な日に遭い、苦しみながら試練を乗り越え、やがて立派な人物、もしくは神としてその生まれにふさわしい存在になるというストーリーのことをそう呼ぶはずだ。

「『摂州合邦辻』はその『俊徳丸伝説』をその当時の観客が楽しめるように翻案した話です。最初は人形浄瑠璃として書かれた話なんですよ」

紳士は静かに話し続けた。

「今の価値観で言うと、封建的だし、女性差別と思われる部分もある。玉手は最後に貞女として父親にも認められますが、それは夫のため、家のために死ぬからです。ですが、作者は、ある意味、玉手を救いたかったのかもしれない。もともとは自分の欲望のために、義理の息子に毒を飲ませる母親だった女性を、物語の中で救おうとしたのかもしれない」

わたしははっとして彼の顔を見た。

悪女として描かれていた女性を、悪女の奔放さを持ったまま、浄瑠璃の中で貞女として生まれ変わらせる。

「もちろん作者にはそんな意図はなく、ただ、観客を驚かせたかっただけかもしれませんけどね」

驚かせるためには、新しいものを見せなければならない。

前半は、義理の息子に邪恋をしかける悪女、だが、後半には彼女は家のために命を捨てる貞女となる。越えられないように見える善と悪との境目を、彼女は軽やかに飛び越える。

わたしはもう一度言った。

「おもしろかったです」

これまで読んだ本や、映画やドラマとはまったく違う構造の物語だ。

「他にもおもしろい演目はありますよ」

そう言われて頷いたが、内心は複雑だった。自分でお金を出してチケットを買うのは難しい。だが、紳士は続けてこう言った。

「幕見席なら、ひとつの演目を千五百円前後で観られます。短い踊りならば五百円くらいのときもあります」

「ええっ！」

ならば映画よりも安いくらいだ。

「もちろん上の方からですけど、オペラグラスなどを使えば、充分楽しめます。国立劇場なら、通しでも二千円、三千円くらいの席がありますから、もっと手頃ですよ」

たしかにイメージしていたよりもずっと安い。そのくらいならば、やりくりすれば観にくることはできるかもしれない。

看護師が、こちらに向かって歩いてきた。

「ご家族の方ですか？」

紳士は立ち上がって説明した。

「いえ、家族ではなく、同じ劇場にいた者ですが、深く眠り込んでおられたところを見つけたので、心配でついてきました」

紳士はしれっと嘘をつく。もしかすると、ただ善良なだけの人ではないのかもしれない、と少しおかしくなった。

だが、家族でも友達でもないのに、タクシーまで使って病院にくるなんて、普通では考えられない。

わたしは、なぜ彼女がペットボトルをすり替えたのか、知りたくてここまできてしまった。紳士はなにを気にしているのだろうか。

「少し朦朧《もうろう》としておられますが、目覚められました。頭痛薬と睡眠導入剤を間違えて飲んでしまったと患者さんはおっしゃっています。まだふらつくようなので、もう少し休んだ後帰られると思います。特に心配されるようなことはないようですよ」

紳士は、紙袋を持ち上げて見せた。

「お荷物を預かっているのですが、帰る前にお渡ししていいですか？」

「もちろんです」

わたしは驚いて、紳士を見た。その紙袋は紳士がずっと持っていたもので、病院に運ばれた女性のものではない。女性に会うための嘘だろうか。

案内された病室のベッドで、女性はぼうっとした顔で座っていた。化粧をしていても、顔色が悪いことがわかる。不思議そうにわたしと紳士を見る。

「あの……どなたでしょうか」

「歌舞伎座で、あなたが深く眠り込んでおられましたし、お連れの方もいないようりなので一緒に病院にきました。この紙袋は、あなたのですか？」

「いいえ、わたしのではありません」

まあ、そうだろう。

「そうですか。お加減、大丈夫ですか？」

「ええ、頭痛薬を飲むつもりが、睡眠導入剤を飲んでしまったようです。たぶんもうすぐ帰れると思います。ご心配をおかけしました」

ことばははっきりしている。看護師の言う通り、心配はなさそうだ。なぜ、ペットボトルをすり替えたか、今尋《たず》ねてもいいだろうか。それとも怒られるだろうか。

紳士がちらりとわたしを見た。そしてこう言う。

「あの男性は、お連れ合いの方ですか？　それともご兄妹？」

女性の目が大きく見開かれた。

「だ、誰のことですか……？」

「若い女性を連れていらした男性ですよ。グレンチェックのジャケットをお召しでしたね」

「知りません！」

「ご心配なく。わたしは警察でもないし、あの男性を告発するつもりもない。ただ、そうやって阻止しても、あの方はまた同じことをするのではないですか？」

告発するつもりがないと言われて、少し安心したのだろうか。彼女は一呼吸置いて口を開いた。

「だったらどうしろというのですか？　わたしが警察に突き出せと？　子供がいるんです。もし娘に知られたら……」

彼女はそこまで言って、顔を背けた。

「お連れ合いの方ですか？」

紳士の質問に、彼女は答えない。答えないということは、紳士の問いかけは正しいと言うことなのだろうか。

もし、兄妹ならば、娘という言い方はしないはずだ。

紳士は女性から目をそらして話し続けた。

「あなたが今日やったことは、決して間違ったことではない。正しいことです。ですが、対症療法に過ぎない。これからも同じことをやっていくのですか？　いずれ彼に誰がやったか知られるし、そうなると彼は別の方法を考えるかもしれない」

「わたしに他にどんなことができると思うのですか？」

「彼には前科はあるのですか？」

「それは警察に捕まったかどうかですか？　でしたら答えはノーです」

「つまり、警察沙汰にならなくても、犯行はこれまで重ねているということですね」

彼女はそれにも答えない。だが、その答えもイエスだろう。

先ほど、わたしは髪を巻いた女性と一緒にいた男性が、今ベッドにいる彼女に命じてペットボトルをすり替えさせたのではないかと考えた。

だが、紳士と彼女の会話を聞いて理解した。

そうではなく、もともと、なにか薬物の入った飲み物を、彼女が未開封のペットボトルにすり替えたのだ。

開封済みのペットボトルの中には、なにか睡眠薬のようなものが入っていたのかもしれない。後ろの席にいた彼女には、係員がペットボトルのすり替えについて話しているところが見えたはずだ。あわてて、証拠を隠滅するために中身を飲み干し、そして深く眠り込んでしまった。

紳士は、しばらく黙り込んでいた。やがて口を開く。

「そうですね。あなたにできることは、少ないかもしれない。ですが、彼と距離を置くことはできるのではないですか。彼は、尽くすのにふさわしい男性ですか？」

彼女は息を吐くように笑った。声が震えていた。

「夫と別れろと？　別れてわたしに娘を連れて家を出ろと？　簡単にそんなことを言いますけど、長いこと働いていない女が選べる仕事は限られている。娘の私立高校の学費も、大学の学費も払うことは難しい」

「それは、養育費として、彼に払わせることができるのではないですか？」

「離婚して、養育費をちゃんと払ってくれるような人じゃない。あなたにはわからない」

聞いているだけで、胸がきりきりと痛んだ。

別れる方法がないわけではないのに、この人がそれを望んでいない。

夫は女性に薬物を飲ませて、自分の思い通りにするような男で、それなのに彼女はその男性と別れることができないと信じ込んでいる。自分の足に枷《かせ》をつけるように、それを選んでいる。

たしかに離婚することで別の困難が彼女に立ちはだかるのは事実で、彼女自身にそれを乗り越える自信がないのだろう。

わたしには彼女の気持ちがよくわかる。わたしも働けないでいるから。

彼女はもう一度深呼吸をすると、紳士をまっすぐに見た。

「夫に犯罪行為をさせなければいいんでしょう。誰にも文句は言わせない」

そう言う彼女の顔には、強い決意が滲んでいた。

舞台にいた玉手御前と彼女が重なった。

自らの身を犠牲にする、歪《ゆが》んだ貞女だ。誰にも彼女は救えない。彼女自身が救いなど望んでいない。


病院の外に出ると、紳士は客待ちしているタクシーに声をかけた。

まだ終電には間に合うから、地下鉄の駅を探そうとスマートフォンを取り出すと、紳士が手招きをした。

「お姉さんの家までタクシーで帰りなさい。タクシー代は出してあげるから」

驚いてわたしは、両手を振った。

「だ、大丈夫です。出してもらうような理由はないですし」

「年上の人間には素直に甘えた方がいいですよ。遅くまでつきあわせて、電車で帰らせるようなことはしたくない」

わたしが無理矢理ついてきたのだ。だが、そう言われてまで拒絶するのは失礼な気がした。

わたしはぺこりと頭を下げた。

「ではお言葉に甘えます。ありがとうございます」

「気をつけてお帰りなさい」

彼はそう言うと、別のタクシーに向かって歩き始めた。

あわてて、タクシーが動き出してから、わたしは彼の名前も聞いていないことを思い出した。タクシーの窓から顔を出すが、彼はもう別のタクシーに乗り込んだ後だった。

残念だとは思わなかった。必ずまた会えるような気がした。

第三章

香澄の家を訪ねるのは、一年ぶりかもしれない。

香澄がひとり暮らしをはじめた頃は、わたしもまだ体調が悪くて、遊びに行くことはできなかった。はじめて遊びに行ったのは、香澄がワルサを飼い始めた頃だ。犬が見たくて、ドキドキしながら電車に乗って、知らない街を歩いた。

子供の頃からずっと一緒だった姉が、今はわたしの知らない場所でひとり暮らしをしているなんて、ひどく不思議な気分だった。姉がひとり、急に自立した大人になって、遠くに行ってしまったような気がした。

それから、ワルサと遊ぶために、二度ほど訪ねたが、ワルサが実家に預けられてからは一度もきていない。香澄は前よりも頻繁《ひんぱん》に実家にくるようになったし、こちらから訪ねるような用事はない。

近くのコンビニでタクシーを降りて、自分用の麦茶と香澄のために缶ビールを一本買った。姉妹とはいえ、泊めてもらうのに手ぶらは気が引ける。

マンションのエントランスで部屋番号を押し、オートロックを解除してもらう。エレベーターで五階に上がり、部屋のインターフォンを鳴らした。すぐにドアが開いて、香澄が顔を出した。

「ごめん。お邪魔します」

「いいけど、珍しいこともあるもんだなと思って。いい子の久澄ちゃんが」

香澄に悪意がないことはわかっているけど、心臓がきゅっと痛くなる。いい子なんかじゃない。香澄の方がずっと優秀だ。医学部を出て、ちゃんと仕事をして自立している。

わたしなんて、ずっと自宅警備員をやっているのに。

「ビール買ってきたよ」

コンビニ袋を差し出すと、香澄は「やった!」と相好《そうごう》を崩した。

香澄がわたしをいい子だという理由はわかっている。下戸《げこ》だし、中高生のときも、お化粧をしたり、髪を染めたりするようなことはなかった。香澄は色つきリップクリームを持ち歩いて先生に取り上げられたり、ピアスの穴を開けて、ファンデーションでそれを埋めたりしていた。彼氏もいた。

香澄だって成績もよかったし、勉強もしていた。別に問題児だったわけではない。ただ、香澄は教師の言うことを素直に聞く子供ではなく、わたしはただ黙って従う子供だったというだけだ。

髪を染めてパーマをかけることも、化粧も、恋人を作ることも、大人になったら当たり前のように多くの人がすることだ。むしろ、この年齢になったら、化粧をしないことや恋人がいないことはマイナス要素のように語られる。

わたしも働いていたときは、いやいや化粧をしていたが、やりたくてしたことは一度もない。楽しいとも感じられない。恋人も欲しくはない。

みんな大人になっていくのに、わたしだけが中学生のときの、良い子のまま、動けないでいる。

「まあ、散らかってるけど、くつろいでよ」

そう言われて入った部屋は、本当に散らかっていた。洗濯した後の服が床に山積みになっているし、テーブルの上には空のペットボトルやビールの空き缶が出しっぱなしだ。

以前、遊びに来たときは、もう少し片付いていた。床にものを置きっ放しにすると、ワルサがそれを囓《かじ》ったり、おしっこをひっかけたりするのだと言っていた。

　ワルサがいなくなった今、床のものを片付ける動機は減ったのだろう。とはいえ、脱ぎっぱなしの服などはないし、キッチンに洗い物が溜まっているわけではない。それなりに管理されているところが、香澄らしい。

　わたしは、ソファに腰を下ろした。

「ごはんは？　食べてないならピザでも取る？」

　そういえば、持ってきたおにぎりを食べるのを忘れていた。急に空腹感が強くなる。

「わたし、おにぎり作ってきたから、それ食べる。香澄は？」

「もう食べたよ。まさか久澄がくるなんて思わなかったからさ」

　わたしもまさか香澄の家に泊めてもらうことになるとは思わなかった。

　香澄は、ポテトチップスの袋を開け、ビールを飲みながら、それをつまみはじめた。

　わたしもおにぎりのラップを外して食べる。

「今日はいったい何があったの？　言いたくなければ言わなくていいけど」

「いや、別に深刻な話じゃないよ。しのぶさんからチケットをもらって歌舞伎を観に行ってたんだけど、ちょうど近くで急病人が出て、病院まで一緒に行ったの」

　香澄はポテトチップスをくわえたまま、眉間に皺を寄せた。

「その人、大丈夫だったの？」

「うん、たいしたことなかったみたい」

そう答えた口が、嘘を言っているように重かった。たしかに身体はすぐに回復するだろう。だが、彼女はこれからもあの場所から動けずにいるのだろうか。

自分にできることはないと知りながらも、胸が痛む。

「歌舞伎は？　どうだった？」

そう聞かれて、わたしは身を乗り出した。

「おもしろかったよ！　思っていたのと全然違った！　もっと難しくて格調高いものだと思っていた」

「ええー、そうなんだ。わたしも昔、しのぶさんに連れて行ってもらったけど、寝ちゃったよ……難しかった」

姉妹でもまったく感想が違う。もしかすると、演目によっても受ける印象はまるで違うのかもしれない。今日観た三つの演目は、どれも少しも似ていない。

『摂州合邦辻』も、字幕を読んでいなければ、わからないことばはもっと多かっただろう。

香澄が急に、口をきゅっと引き結んだ。この顔はなにか言いたいことがあるときの顔だ。

「なに？」

そう尋ねると、彼女は口ごもった。

「なんか気になってることあるの？」

そう問い詰めると、渋々口を開く。

「いや……遅くなったのは、劇場で誰かと会ったのかな、と思って」

どきりとした。まさかそんなことを言い当てられるとは思わなかった。わたしの表情の変化に気づいたのか、香澄の目が好奇心で輝く。

「会ったの？　どんな人？」

「隣の席に座っていた男の人と喋っただけだよ」

「どんな人だった？」

今日の香澄はやけにしつこい。

「どんなって……優しそうな……五十代後半か六十代くらいの……？」

そう言うと、なぜかがっかりした顔になる。

「ええ？　そんな年齢の人？　じゃ、やっぱりわたしの思い過ごしか」

「なによ。思い過ごしって一

香澄は少しためらってから、口を開いた。

「いやね。もしかしたら、お見合いだったんじゃないかなって思ったの」

「お見合い？」

想像もしていなかった。あまりに意外で笑い出してしまう。

「だって、隣の人は、お父さんより年上に見えたよ。そんなわけない」

「そっか……」

お見合いなんて、いつの時代の話だ、と思う。だが、すぐに思い出す。今日のチケットをくれたのは、しのぶさんで、そしてしのぶさんは、まるで明治時代から生きているような人だ。

高そうな着物をびしっと着付けて、白髪を結い上げている。礼儀作法には厳しく、誕生日に花を贈ると、毛筆で書いたお礼状が届く。

しのぶさんなら、お見合いをさせようと考えるかもしれない。

わたしはずっと家にいて、仕事をしていない。早く片付いた方がいいと思うかもしれない。

自分で考えて、ぞっとした。「片付く」なんて、人間について語ることばだとは思えない。だが、女性が結婚することはときどき、そう表現される。気づかぬうちに、そのことばを自分にも当てはめてしまっていた。

「しのぶさん、そんなこと言ってた？」

そう尋ねると、香澄はうーん、と首を傾《かし》げてから答えた。

「久澄のことは心配していたよ。仕事をしないのなら、いい結婚相手を見つけられないのかって聞かれたこともあるし、自分が探したいみたいなことを言ったこともある。止めたけど」

「香澄が止めてくれたの？」

「うん、久澄が嫌がるだろうなと思って。でも、しのぶさんは言ってた。このまま四十代、五十代になったらどうするんだって」

鉄の塊《かたまり》が胃に落ちていくような気がする。わたしはためいきをついた。香澄が慌てて言った。

「わたしが言ったんじゃないからね」

「わかってるよ」

これからどうするのかなんて、わたしがいちばん悩んでいる。このままでいいなんて思ったことはない。

香澄は、片膝を抱いて、小さな声で言った。

「これは、わたしが勝手に思ってることで、久澄がどう考えてるかとか、どうしたいかということとは、全然関係ないんだけどさ。別に働くだけが人生じゃないよねって思ってる」

彼女はわたしから目をそらした。

「わたしは仕事、別に好きじゃないけど、美和子さんは仕事好きでしょ？　だから今の状態で美和子さんのサポートやってるのも悪くないと思うし、嫌な人と結婚する必要はないけど、いい人がいたらその人と結婚してもいいだろうし、つまりは久澄が働きたくないなら、小ずるく立ち回って、自分のやりたいようにしてもいいと思ってるよ」

回りくどい言い方だが、香澄がわたしの気持ちを楽にしようとして言っていることはわかる。

このままでいいと言ってもらえると、少し気持ちが軽くなるのは事実だ。だが問題は、わたし自身が本当にこのままでいいとは思っていないことなのだ。

だが、働きたいかと言われると、素直に頷けない。

結局、自分がどうしたいかがわからない。

香澄はソファの背もたれに身体を預けた。

「わたし、久澄は専業主婦向いてると思うけどな。家事得意じゃない」

「うーん……」

返事に困る。家事そのものは嫌いではない。食事を作るのも、洗濯物を干すのも。掃除はあまり好きではないが、今は時間がたっぷりあるから苦痛ではない。

だが、専業主婦というのは、ただ家事をやるのとはまったく違う。誰かと結婚して、その人と信頼関係を育《はぐく》んで、場合によっては子供を産んで育てる。そのあたりにまったく自信がないのだ。

それを説明するのは難しい。

未来が思い描けないということは、この世界での自分の居場所が思い描けないということだ。

若い頃は思い描けなくても平気だった。どこにでも行けるとは思っていなくても、どこかに自分の居場所があると信じていられた。今はできないことばかりが増えていくように感じてしまう。

世界の中のわたしの居場所はどんどん狭《せば》まっていく。

わたしは、コップの中の麦茶を飲み干した。

翌朝、香澄は朝八時半に家を出て行った。

わたしはあえて、通勤ラッシュの時間帯に帰る理由はない。泊めてもらったお礼代わりに、洗濯物を全部畳んで、部屋に掃除機をかけたあと、十時前にゆっくり家を出た。

姉の家とはいえ、自宅以外で泊まることなど長いことなかった。もしかしたら、大学の卒業旅行で北海道に行ったとき以来かもしれない。

午前中の電車で家に向かうこと自体が、ひどく新鮮だ。

まだ、前向きになにかをしようと考えたわけではない。だが、いつもと違う経験をしているというだけで、日常の色彩が変わった気がした。

たぶん、日々、新しいことに挑戦している人なら、気にとめないほどの変化かもしれない。

だが、わたしの日常はもう三年間も変わることがなかったのだ。

次にしのぶさんからチケットが届いたのは、三週間後だった。

このあいだの観劇の後、感想を書き始めたら止まらなくなり、便箋五枚にわたって書いてしまった。少し批判的なことも書いたので、もしかしたら、次回はチケットがもらえないかもしれないと後になって不安になった。

簡易書留で届いた封筒を、ゆっくりと開ける。

チケットはまた歌舞伎座の夜の部だった。先月観たものと、演目は違うようだ。

さっそく、母のパソコンで演目について調べる。

歌舞伎座の公式サイトを見てみると、『弁天娘女男白浪《べんてんむすめめおのしらなみ》』『梶原平三誉石切《かじわらへいぞうほまれのいしきり》』『鷺《さぎ》娘《むすめ》』という三つの演目が上演されるようだ。

演目紹介を読むと、『弁天娘女男白浪』というのは、弁天小僧が出てくる演目らしい。弁天小僧はどこかで聞いたことがある。たしか女装する盗賊ではなかったか。

あらすじも、公式サイトに書いてある。やはり、盗賊が女性と見間違えるほど美しい女装をして、呉服屋に強請《ゆすり》に入るという話らしい。

また歌舞伎を観たいとは思っていたが、ストーリーを読むと、もっと楽しみになってきた。

二度目だから、前ほどは緊張しないし、服も母から借りればいいことがわかった。それほど堅苦しい場所ではないことも知った。

新しい場所に行くことは、世界が少し広がることだ。もっとも、嫌な思いをすれば、もう二度とその場に行きたくなくなることもあるかもしれないが、そこは自分の場所じゃないと知ることができる。

それはそれで前に進むことかもしれない。

この前、歌舞伎座で歌舞伎を観てから、テレビや新聞などで歌舞伎役者の名前を聞くと、少し興味を持って見るようになっている。

他の演目についても調べる。『梶原平三誉石切』は梶原景時《かげとき》の話らしい。たしか平家側にいた人だが、源頼朝を救ったことで、その後、頼朝に重用された人だったような気がする。

その景時が、石を切る話だという。いったいどういう話だろう。

『鷺娘』は舞踊だから、予習は必要ないだろう。

いつのまにか、寝ていたワルサがわたしの足下にきて、尻尾《しっぽ》を振っていた。いつも散歩に行く時間が近づいてきたらしい。

わたしは、ワルサの頭をがしがしと撫《な》で、リードを取りに行くために立ち上がった。

歌舞伎を観に行く日、朝起きて洗濯をしてから、ワルサの散歩に行った。冷蔵庫には、昨日作ったシチューがまだ残っている。母の夕食はそれで充分だろう。髪をまとめて、眉を描き、口紅を塗っていると、ワルサが洗面所のドアに隠れるようにして、わたしをじっと見ていた。なんだか恨みがましい顔だ。

「なによ」

そう声をかけると、うぐう……と妙な声を出す。なにか言いたいことがあるようだ。そういえば、前に口紅を塗って出かけたのは、前回の観劇のときだった。ワルサは、わたしが帰ってこなかったことがショックだったらしく、何度も玄関を見に行っては、ためいきをついていたと、母から聞いた。

帰ってきたときは、特にうれしそうな様子も見せなかったが、どうやらあのときのことは、はっきりと覚えているようだ。

「こないだみたいに泊まったりしないよ。今晩は帰ってくるよ」

通じるかどうかはわからないが、とりあえず言ってみる。ワルサは情けない顔になって、ウウウと唸《うな》った。

アイロンを当てた、ストライプのワンピースを着て、鞄を持つ。ワルサはひんひんと声を上げながら、玄関までついてきた。

少し胸は痛むが、心を鬼にしてドアを閉める。もし、わたしがいつか働くなら、ワルサともこれまでみたいに一緒にいられない。ワルサも少しは慣れなくてはならない。鍵をかけても、ワルサの切なげな声がかすかに聞こえていた。

この前と同じように、地下鉄の駅から地下のホールを通って、エスカレーターで地上に出た。開場時間はすでに過ぎているから、チケットを出して、劇場に入る。

今日のチケットは、二等席だった。一万四千円。決して安くはないのだが、この前一万八千円に衝撃を受けたので、少し安く感じる。自分で買えるかと言えば買えないのだが。

劇場の前、正面入り口とは違う場所に小さな入り口があり、そこに多くの人が並んでいた。あれが、この前聞いた、幕見席の入り口だろう。

遠い席だが、千円や二千円で観られると、あの紳士が言っていた。今度行ってみてもいいかもしれない。今日のチケットは夜の部だが、昼の部はまた違う演目をやっている。

トイレに行き、筋書を買ってから、自分の席を探す。

二等席は、一階の後ろの方だった。わたしの席は、最後列の通路側。この前の席のことを思えば、舞台からは遠いが、座席の部分が少し高くなっているせいか、思ったよりも見やすい。後ろに人がいないのも、不思議なくつろぎ感がある。

この席はわりと好きかもしれない。そう考えたときだった。

「あの……失礼ですが、おひとりですか？」

顔を上げると、通路に立った若い女性がわたしを見ていた。同じ世代か、もしくは三十代くらいか。背が低く、人懐っこい笑みを浮かべている。

「あ、はい、そうですけど……」

「すみません。ひとつお願いがあるんですけど、もしよろしければ席を交換してもらえないでしょうか」

「席を交換……ですか？」

わたしの困惑に気づいたのか、彼女は焦《あせ》ったように説明をした。

「あの、わたし、実は今日、途中で劇場を出ないといけないんです。わたしの席は桟《さ》敷《じき》席ですから、途中で退出するとすごく目立ってしまうんですよね。だから、後ろの方の人と替わってもらえないかな、と思いまして……」

すぐに返事はできない。桟敷席というのが、どの席のことを言うのかわからない。

彼女は続けて言った。

「わたしのわがままでお願いするので、もちろん差額はけっこうです」

差額というからには、二等よりも高い席なのだろうか。

隣の席に座っていた中年女性がわたしに向かって関西弁で言った。

「行ってきはったら？　桟敷席なんかなかなか座られへんよ」

その連れの女性も会話に参加する。

「ほんまほんま、お姉さんが行かへんのやったら、わたしが行きたいくらいやわー」

ということは、桟敷席というのは高い席なのだろう。

背の低い女性は両手を合わせて、わたしを見た。どうしても替わってほしいらしい。

たしかに、この席は、途中で退出するのにいちばんいい席だ。上演中に動いても、誰の視界も遮《さえぎ》らない。少し考えてわたしは頷いた。

「わかりました」

「本当ですか！　助かります」

差し出されたのは、チケットの半券だった。わたしは自分の半券を出して交換する。

彼女の半券には、一階東5－1という数字が記されている。これがどこの席なのか、まったくわからない。戸惑《とまど》っていると、彼女が外を指さした。

「一度ロビーに出て、エスカレーターの方に回り込んでください。わからないようなら係の人が案内してくれます」

わたしは荷物を持って席を立った。彼女はわたしと入れ替わるように座席に座った。

「次の休憩中はここにいますので、もし、なにか困ったことがあったら言いにきてくださいね」

ほっとしたような顔になっているのは、望む席に座れたからだろう。

だが、今度はわたしがどこに行っていいのかわからない。荷物を抱えたまま、ロビーにある座席表を眺める。東5－1はどこだろう。

「こんにちは。またお目にかかりましたね」

男性の声がして振り向くと、この前の紳士がにこやかな顔で立っていた。上等そうなスーツを着て、筋書と字幕ガイドを小脇に抱えている。

びっくりして、声が出ない。なにか言わなければならないような気がして、必死に記憶の中を掻《か》き回す。そうだ。タクシー代だ。

「あ。あの、先日はタクシー、どうもありがとうございました」

紳士が、充分な額をあらかじめ渡していたのだろう。目的地に着いても、タクシー運転手はわたしに運賃を請求しなかった。

「いえ、いいんですよ。すぐに帰れましたか？」

「はい。おかげ様で」

彼は、わたしと座席表を見比べた。

「今日はどちらの席ですか？」

「あ、えーと東5－1と書かれているんですけど……」

彼はにっこりと微笑《ほほえ》んだ。目尻に皺が寄る柔和な笑顔。知らない人と話すのは苦手なのに、この人の笑顔を見ると、気楽に話せるような気がする。

「桟敷席ですね。あちらから入れますよ」

彼は指で、エスカレーターの方向を指さした。軽く会釈をして、ロビーの反対側に歩いて行く。もう少し話したかったな、などと考えてしまう。

角を曲がって、驚く。ロビーから客席に向かう扉がいくつもある。扉そのものに東10とか、東9とか書いてある。

係の人にチケットを見せると、東5という扉まで案内してくれた。ちょうど真ん中あたりだ。

ドアを開けると、そこには小部屋があった。座椅子がふたつと掘りごたつがあり、その前に客席が広がっている。つまり、この座椅子がわたしの席らしかった。

慌てて切符を確認する。価格のところに二万円とあって、息を呑む。つまり、ここは一等席よりももっといい座席だ。こんなところに座って大丈夫なのだろうか。

突っ立っているわけにはいかないので、靴を脱いで畳に上がり、掘りごたつに座る。お茶と魔法瓶まで置いてある。

背筋が伸びる豪華さだ。他の客席より高い位置にあり、舞台まで遮るものはなにもない。ここが特等席であることくらいは知識のないわたしにもわかる。

正面には、西サイドの桟敷席が並んでいる。和服を着ている人などもいて、一階席よりももっと華やかだ。場違いな気がして、ひどく緊張してしまう。

開演間近になって、東5－2の座席にも人がやってきた。三十代半ばくらいの女性だ。

彼女はなにも言わずに、わたしの隣に座って筋書を読み始めた。わたしも座席を移動したせいで、筋書を読むのを忘れていた。

拍子木の音が響き、幕が開く。歌舞伎座の三色の幕を定式幕《じょうしきまく》と呼ぶことも、調べて知った。

舞台装置は、呉服屋の店先のようだった。番頭さんと手代や丁稚《でっち》たちが忙しく立ち働いている。

出てくる。

花道の揚げ幕がしゃりんと鳴って、黒い振袖を着た美しい女形と、そのお供の男が

栈敷席で見ると、花道の様子がよくわかる。普通の一階席で見ているときは、見上げなければならなかったし、自分より後ろは見えなかったけれど、ここなら花道全体が見渡せる。舞台を見るには身体を斜めにしなければならないが、それでも舞台と同じ高さで見られるから、快適だ。

二千円高いだけとは思えない豪華さだ。どちらも自分では買えないことには変わりはないし、わたしにとっては二千円は大金だけど、そう思う。栈敷席は、両サイドに一列だけだから、簡単に買えるわけではなさそうだ。

女形が演じる娘は、武家のお嬢様で、このたび縁談が決まって、その支度を揃《そろ》えに呉服屋へやってきたらしい。

呉服屋の番頭も、お嬢様の美しさに見惚《みと》れている。

歌舞伎座の大歌舞伎が評判だと番頭が言うと、客席が沸く。ことばも難しくないし、わかりやすいお芝居だ。

お嬢様の贔屓《ひいき》役者を当ててみましょうと、番頭が言う。

「中村国蔵《なかむらくにぞう》が御贔屓でしょう」

どっと笑いが起きる。中村国蔵は弁天小僧を演じている役者、つまり、今ここにいるお嬢様のことである。

お嬢様はつんと顔を向けて言う。

「わたしゃ、あのような役者は大嫌いじゃ」

客席の笑いが大きくなる。わたしも笑ってしまった。楽しいお芝居だ。

どうやら、お嬢様の御贔屓は、市村月之助《いちむらつきのすけ》という役者らしい。笑いが起きているし、お供の役者が憮然《ぶぜん》とした顔で、「わたしゃあのような役者は大嫌いでございます」と言っているから、この人が月之助なのかもしれない。

少し残念だ。歌舞伎のことを知っていれば、たぶんもっと楽しめるはずだ。

そうこうしているうちに、お嬢様は、店先に並べられた品を、番頭にわかるように自分の胸元にしまった。

万引きされたと気づいた番頭の顔色が変わり、品物を片付けさせる。

お嬢様とお供の侍は、店を出ようとするが、番頭がそれを呼び止めて、さっき万引きした品を返せと言う。

お嬢様は万引きなど覚えがないと白を切り、業《ごう》を煮やした番頭は、お嬢様を押さえつけ、胸元からさっき盗んだ鹿の子《かこ》の布を引っ張り出す。

万引きの証拠をつかんだと思った呉服屋の手代たちは、よってたかって、お嬢様を殴る。

そこに、お供の侍が割って入って、手代たちを止める。

「盗んだというのはその品か」

「知れたこと」

問答の後、番頭が万引きだと思った品は、別の店で買った商品だということが判明する。鹿の子の布には、別の店の印がある上に、侍は書き付けを持っていると言うのだ。

書き付けということばははじめて聞いたが、たぶん領収書のようなものだろう。

殴られたせいで、お嬢様の額《ひたい》には血が滲んでいる。大事なお嬢様に怪我《けが》をさせたとあれば、侍の命もない。この店の者を全員叩き斬《き》ると、侍は息巻く。

番頭や手代たちは蒼白になる。

間違えるように、わざと万引きのふりをしたのはお嬢様なのだが、怪我をさせてしまった以上、言い訳のしようがない。

そこに、呉服屋の主人が帰ってくる。

大変な状況になっていることを知り、侍に金を渡して事態を解決しようとする。最初はその金額に納得しなかった侍だが、百両で手を打つことになる。

百両というのは現代ではいくらくらいだろうか、などとぼんやり考える。百両の価値がわかれば、もっとリアルに感じられるだろう。

お嬢様と侍が帰ろうとしたとき、奥から刀を差した武士が現れ、お嬢様と侍が、この店から金を強請《ゆす》るために、芝居を企《くわだ》てたことを見破る。

そして、お嬢様が、男の女装であることにも気づき、腕に彫り物があることを指摘する。

男だ、と指摘された娘の表情が変わった。これまでの可憐な娘の顔から、ふてぶてしい男の顔に変わる。

「兄貴、もう化けちゃいられねえ。おいら、尻尾を出してしまうよ」

「なんだなあ。もう少し我慢していりゃあいいのに」

お供の侍とそんな会話を交わし、娘に化けた弁天小僧は振袖を脱いで、鮮やかな彫り物のある上半身をあらわにする。

そのまま、あぐらをかいて、キセルで煙草を吸う。

声も仕草も、美しくたおやかなお嬢様から、タチの悪いチンピラのものにがらりと変わる。

名前を問われたチンピラは、朗々と響く声で言った。

「知らざあ言って聞かせやしょう」

あっ、と思った。

このフレーズは聞いたことがある。

「浜の真砂と五右衛門が、歌に残《の》こした盗人《ぬすっと》の、種は尽きねえ七里《しちり》が浜、その白浪の夜働き、以前を言ゃァ江の島で、年季勤めの児ケ淵《ちごがふち》、百味《ひゃくみ》講で散らす蒔銭《まきせん》を、当《あて》に小皿の一文《いちもん》字《こ》、百が二百と賽銭《さいせん》の、くすね銭せえだんだんに、悪事はのぼる上《かみ》の宮、岩本院で講中の、枕捜しも度重なり、お手長講を札付きに、とうとう島を追い出され、それから若衆《わかしゅ》の美人局《つつもたせ》、ここやかしこの寺島で、小耳に聞いた祖父さんの、似ぬ声色で小ゆすりかたり、名さえ由縁《ゆかり》の弁天小僧菊之助たァおれがことだ」

七五調の耳に心地よい響きだ。内容はわかるところとわからないところがある。自分の生い立ちを説明して、名前を名乗っていることはわかった。

「知らざあ言って聞かせやしょう」という台詞は、これまで何度も聞いた。お決まりの言い回しのようなものかと思っていたが、もともとは歌舞伎の台詞だったのか。

大学のとき、英文学の授業で読んだ本に、シェークスピアの台詞の引用がよく出てきていたことを思い出した。

教えてもらわなければシェークスピアからの引用だとはわからない。だが、イギリスの人たちは、あえて説明しなくてもそれがわかるのだということが驚きだった。

もしかすると、日本でもそんなことはあるのかもしれない。

有名なマンガやアニメの台詞が、わざわざ説明されなくてもわかるように、歌舞伎の台詞も、実は至る所で引用されているのかもしれない。

そんなことを考えているうちに、舞台では、また新たなるどんでん返しが起こっていた。

なんと、弁天小僧が本当の女ではないと見破った武士も、弁天小僧の仲間だったのだ。


定式幕が引かれると同時に、ためいきが出た。

お芝居はおもしろかった。女装したらうっとりするほどの美女なのに、実はガラの悪いチンピラなんてキャラクターは、あまりに魅力的だし、振袖を乱して、あぐらをかきながらキセルを吸うところは、浮世絵のようだった。

そのおもしろさと同時に、自分がなにげなく聞き流していた言い回しが、歌舞伎のものだったということにも驚いた。

休憩時間がはじまると、向かいの席に、豪華なお弁当が運ばれているのが見えた。一瞬、相撲《すもう》のようにお弁当がついているのかと思ったが、わたしの前にはなにもこないところをみると、お弁当は別に頼むようだ。

わたしは鞄から、ラップに包んだおにぎりを出して食べ始めた。

あたたかいお茶があるのがありがたいし、テーブルがあるから、座席で食べるよりもゆったりと食事ができる。

なにげなく、客席を見た瞬間、どきりとした。一等席に座っている男性が、わたしに向かってスマートフォンを向けていた。

なにか、他に撮影したくなるようなものがあるのだろうか。そう見回したとき、シャッター音が鳴った。

はっとする。彼は、スマートフォンをポケットにしまうと、足早に客席を出て行った。

気のせいだ。そう思いたかった。わたしの写真を撮ってもなんのメリットもないはずだ。

だが、彼はたしかにわたしに向けて、シャッターを切ったのだ。

第四章

食べていたおにぎりが急に鉛《なまり》のような味になる。

口の中のものを呑み込んで、呼吸を落ち着けようとした。

写真を撮られたと思ったけれど、桟敷席自体を撮影したのかもしれない。もしくは隣に座っている女性が有名な人なのかもしれない。

わたしなど撮影したって、なんの意味もない。美人でもおしゃれでもない。服にもアイロンをかけてきたし、先月美容院にも行ったから、笑いものにされるほど見苦しくはないと信じたい。

もしくは、高価な桟敷席で、ラップにくるんだおにぎりを食べているのが、おかしかったのだろうか。でも、だからといって写真を撮られるほど、ひどい行いではないはずだ。アレルギーがあったり、食事療法をしていたり、市販のお弁当が食べられない人だっている。

きっと単に桟敷席が珍しかったので、撮りたかっただけだ。

そう自分に言い聞かせたいのに、走った後のように心臓がどきどきする。自分の呼吸が乱れていくのがわかる。よくない傾向だ。

お弁当を広げていた隣の女性が、不思議そうな顔でわたしを見た。

わたしはおにぎりをラップに包み直して、桟敷席から立ち上がった。客席全体から見られているような気がして、不安で息が詰まりそうだ。

靴を履いて、外に出る。ロビーに長いすがあったので、そこに崩れるように座り込む。

写真を撮られたくらいで神経質過ぎるのはわかっている。だが、一度不安になると、止めることができない。

全身から汗が噴き出してくるような気がする。掌《てのひら》で胸を押さえて下を向く。

過呼吸にならないように、数を数えて息を止め、リズミカルに呼吸をする。少しずつ動揺が落ち着いてきたような気がする。

先ほど、隣にいた女性が、わたしの前を通り過ぎていく。お弁当を食べ終えて、お手洗いか売店に行くのだろう。

少しずつ気持ちが落ち着いてきた。写真を撮られたくらいでなにか不都合が生じるとは思えない。大丈夫、大丈夫と自分に言い聞かせる。

ふいに、気づいた。

席を交換した女性に話をしてみてはどうだろうか。なんとなく、あの座席は不気味で、戻りたくはない。

やっぱり落ち着かないから、元の席に戻りたいと言ってもわがままではないだろう。上演中に退出すると目立つのは事実だが、列の中央の席のように、他人に迷惑をかけてしまうわけではない。すぐ後ろが出口だから、出て行きやすいとも言えるはずだ。

彼女がどうしても替わらなければならない理由はない。

そう考えると、気持ちがずいぶん楽になる。わたしは持ってきたサーモマグを取り出して、お茶を少し飲んだ。長いすから立ち上がる。

一階席後方から、客席に入る。

もともと、わたしの席だったところには、誰もいなかった。上着だけが置いてある。この席にいると言っていたのに、どこかに行ってしまったのだろうか。

まあ、お手洗いには行くだろうし、食事もするだろう。少し待ってみることにする。

だが、開演のベルが鳴っても、彼女は戻ってこなかった。

もやもやした気持ちのまま桟敷席に戻る。

上着が置いてあったから、帰ったわけではないと思う。歌舞伎座のお手洗いは、個室の数が多いから、そこまで混んでいるわけではない。タイミングが悪いと並ぶことになるかもしれないが、わたしがこれまで行ったときには、すぐに入れた。開演ぎりぎりまで戻ってこられないということはないはずだ。

避けられているように感じるのは、考えすぎだろうか。

もう一度交換してくれと言われることを避けるために、休憩時間は席を外して、ぎりぎりまで戻らないようにする。

チケットの半券を交換してしまったから、勝手に元の席に座るわけにはいかない。

だが、もしそうなら、彼女がそれを予測していたということだ。

この桟敷席と、二等席を比べれば、圧倒的に桟敷席の方が見やすいし、いい席だ。どちらか好きな方を選べるのなら、桟敷席の方を選ぶはずだ。

特に理由がないのなら。

彼女が、わたしと席を交換したいと言ったのは、本当に開演中に退出するからなのだろうか。

そんなことばかり考えていたせいか、『梶原平三誉石切』は少しも頭に入ってこなかった。

武士の話であるせいか、これまで観たものの中でいちばん取っつきにくいと感じた。もしかすると、最初に観たのがこのお芝居だったとしたら、歌舞伎が難しいものだと感じていただろう。

やはり、イヤホンガイドか、この前、紳士が借りていたような字幕ガイドを借りた方がよかったかもしれないと後悔した。

だが、町人らしき老人と若い娘が出てきたあたりから、話は少しわかりやすくなった。

六郎太夫《ろくろだゆう》という老人と、その娘である梢《こずえ》は、武士に家宝の刀を売りにきたという。貴重な刀らしく、大庭《おおば》という武士は、その刀を欲しがっている。だが、本物かどうかは見極めるのは難しい。

大庭は、梶原平三景時に刀の鑑定を頼む。一度は断った景時だが、景時が鑑定しなければ刀を買うのをやめると大庭は言う。売れなければ、困るのは六郎太夫だ。

景時は、仕方なく刀の鑑定をする。

それから先は、ただ景時が刀の鑑定をするだけの場面になった。三味線の音は鳴ってるが、台詞もなく、景時以外の役者はほとんど動かない。

ただ、景時が作法にのっとって、刀の鑑定をするのを観客全員が見守る。手を清め、正座して懐紙をくわえる。銘を確認して、刃先まで目で確認する。

ただ、それだけのことなのに、動きに威厳があって、見入ってしまう。

ふいに思った。たぶん昔から、歌舞伎の観客のほとんどは、町人だったはずだ。武士が刀の鑑定をするところなど、めったに見ることはなく、それを舞台で見られることがおもしろかったのかもしれない。

そして、現代になれば、別の意味でめったに見られない作法になる。刀を持っている人も、鑑定ができる人も少ないはずだ。

話はそこから急激におもしろくなる。

梶原は刀が本物だという。だが、大庭の意地の悪い弟が、その刀は、ふたりを重ねて一刀のもとに斬ることができる名刀だから、試し斬りをしない限りは買うべきではないと、兄に進言する。

死罪になった罪人で試し斬りをすればいいと梶原は言うが、その日はあいにく、罪人はひとりしかいない。

このあたり、今の感覚とはずいぶん違う気がした。

今のドラマや映画なら、凛々《りり》しい主人公が罪人で試し斬りをしろとは言わないはずだ。命の重さの感覚が、今とは違うのだろう。

六郎太夫は、家に証文があると言って、梢を取りに帰らせる。

だが、梢が立ち去ってから、証文があるというのは嘘だと六郎太夫は告白した。梢の夫のため、どうしてもお金がいる。罪人がいないのなら、自分を試し斬りに使ってほしいと六郎太夫は大庭に懇願する。

大庭はそれを聞き入れて、六郎太夫と罪人を使って、試し斬りをすることにする。そこに、梶原景時が割って入った。そんなことをさせないと言うのかと思えば、そうではなく、試し斬りは鑑定をした自分がするのが筋だと言うのだ。

大庭はしかたなく、試し斬りを梶原に譲る。

六郎太夫と罪人の身体が重ねられ、今まさに試し斬りがはじまろうかというときに、梢が戻ってきて、父親が命を投げだそうとしていることを知る。梢は泣いて、試し斬りをやめるか、自分を試し斬りに使ってくれと訴《うった》える。

だが、梶原はそれを聞き入れず、刀を振るう。

わたしは固唾《かたず》を呑んで、舞台に見入った。

身体が半分になったのは、罪人だけで、六郎太夫は無事だった。つまり、刀は偽物たったということになる。大庭たちは、本物だと鑑定した梶原を嘲りながら退場する。金を手に入れられなかった六郎太夫はうなだれる。

だが、梶原は自分が力を加減して、罪人だけを斬ったと告白し、大庭の代わりにこの刀を買うと言った。

梶原は自分の鑑定が間違っていたことになっても、六郎太夫の命を救うことを優先したのだ。

本当にその刀が本物かどうか不安に思う六郎太夫の前で、梶原はその刀で、石の手水鉢《ちょうずばち》を真っ二つに斬ってみせて、刀が本物であることを証明するのだ。

手水鉢を斬ったら、本当に刀で石が斬れるのかとか、手水鉢を真っ二つにしてしまうと参拝の人が困るのではないかなどと考えたが、そこは爽快さが優先されるのだろう。

出だしの印象ほど、小難しくはない話だったし、ハッピーエンドなのもよかった。

なぜだろう。不安でいっぱいなときでも、明るい芝居を観ると、少し心が軽くなる気がした。

幕が閉まると同時に、わたしは桟敷席を飛び出した。

先ほどの休みは三十分あったが、今回は二十分しかない。なんとか、彼女をつかまえなくてはならない。

人の波に逆らいながら、後方の客席に向かったのに、彼女はまたいなかった。上着だけが置きっ放しになっている。

隣の席の関西弁の女性が、わたしを不思議そうに見上げた。思い切って聞いてみる。

「この席の女性、まだ帰ってませんよね」

「帰ってへんよ。お芝居がはじまってから入ってきて、終わったらすぐ出て行ったけど、上着がそのままあるから、戻ってくるんちゃう?」

やはり、まるでわたしを避けるために、休憩時間に席を外しているようだ。

この休憩時間が、最後の休憩時間だ。なんとしても彼女をつかまえなくてはならない。

彼女は、『鷺娘』が終わるより先に途中退席して帰ってしまうかもしれない。

かといって、闇雲にトイレや売店を探したとしても、簡単に見つかるとは思えない。

ふいに後ろから声をかけられた。

「どうかなさいましたか?」

声でわかる。あの紳士だ。振り返ると、隣のブロックの座席に彼がいた。彼のような人はいつも一等席で見ているような気がしていたが、そういうわけではないらしい。

「えーと……この席の方と話がしたくて、ここ、もともとわたしの席だったんですけど……」

説明したいが、うまく話せない。通路をいろんな人が通っていく。立っているわたしはあきらかに邪魔になっている。また頭に血が上って、平静ではいられなくなる。

「すみません。たいしたことじゃないんです」

そう言って、わたしは一度ロビーに出た。幸い、最後列だから彼女が戻ってきたかどうかは、ロビーからも確認できる。

ロビーでひと息つく。胸をなで下ろしていると、紳士も席を立ってロビーまで出てきた。そのことに驚く。

「気のせいだったら良いのですが、なにかお困りですか?」

ここで、わたしがなにも困っていないと言えば、彼はそれ以上問い詰めたりしないだろう。だが、自分が困っているのかどうかさえ、わからない。ただ、ひどく不安なのだ。

思い切って口を開いた。

「たいしたことじゃないんですけど、知らない人から写真を撮られたんです。それが気持ち悪くて、不安になってしまって」

「さきほどの席の人からですか？」

わたしは首を横に振った。

「違います。でも、もともとわたしの席があそこだったんです。でも、桟敷席と替わってほしいと言われて、席を交換しました」

「それで、桟敷席にいると、誰かからカメラを向けられて写真を撮られた。その理由を聞くために、席を交換した人を探しに来たわけですね」

紳士はすぐに話を理解してくれた。そのことにほっとする。いつも興奮すると、うまくことばが出てこなくなってしまう。そのことで笑われたり、馬鹿にされたりすることが多かったから、すぐに理解してもらえたことがうれしかった。

「席を交換したときは、休憩時間はあそこにいると言われたんです」

「なのに、その人はまったく席にいない。お手洗いに行ったり、飲み物を買ったりしても、休憩時間の間ずっと席を外しているのは不自然ですね」

紳士に話すと、ようやく気持ちが楽になった気がした。

急に、こんなことで不安になっている自分が恥ずかしくなる。

「すみません、神経質ですよね」

紳士は首を横に振った。

「いいえ、変わったことがひとつならともかく、三つ続いたのなら、不安になるのも当然ですよ」

高い席なのに、そこより安い席と交換したいと言われたこと、なぜか写真を撮られたこと、休憩時間に席にいると言った人がいないこと。たしかに三つだ。

紳士は客席の中をのぞいた。

「もう少ししたら、休憩時間が終わってしまう。写真を撮った人が誰かはわかりますか？」

わたしは頷いた。グレーのジャケットを着て、少し日焼けした男性だ。人の顔を覚えるのは得意な方だから忘れない。

紳士とわたしは客席に入っていった。前方席に近づく。

写真を撮った男は、自分の席に座っていた。隣の席の女性となにかを話している。

「あの人です」

「わかりました。わたしが話を聞いてみましょう」

わたしは驚いて目を見開いた。

「でも……」

「もし、間違いでも謝ればいいことです。あなたに向けてシャッターを切ったのなら、あなたの写真が携帯電話の中に残っているはずだ。もし、彼が桟敷席を撮ったのだと言い張っても、写真を消してもらえば安心でしょう」

たしかに安心だが、無関係な紳士にそんなことまで頼んでしまうのは申し訳ない。

「それならわたしが自分で……」

紳士はにっこりと微笑んだ。

「年上の男が言った方がスムーズに行くこともあります。あなたのことは会社の部下だということにしましょう。わたしは堀口《ほりぐち》と申します。お名前をうかがってもよろしいでしょうか」

「あっ、はい。岩居です」

このあいだあんなにお世話になりながら、名乗るタイミングがなかった。

堀口さんは腕時計に目をやって言った。

「では岩居さん、もしお時間があるなら、終演後、正面玄関の幕見席入り口のところで待っていていただけますか？　彼に声をかけた結果をお話しします。座席に戻っていてくださって大丈夫ですよ」

甘えてもいいのだろうか。だが、彼はそのまま、グレーのジャケットを着た男性に近づいた。

離れて見ているのも、なんか妙な気がする。わたしは言われた通りに、桟敷席に戻ることにした。

わたしの写真を撮った男性と、堀口さんが話しているのが聞こえる。

揉《も》めてる様子がないことにほっとする。日焼けした男性も笑ってはいないが、神妙に話を聞いている。

たしかに、わたしが話をして、こんなに静かに聞いてもらえるだろうか、と思った。

真剣に話しているのにはぐらかされたり、反対に怒鳴《どな》りつけて黙らせようとされた記憶が蘇《よみがえ》ってきて、胸が痛くなる。

堀口さんの話し方が礼儀正しく丁寧だということももちろんあるのだろうが、もしわたしが礼儀正しく話しても、堀口さんのようには聞いてもらえないだろう。年齢を重ねて、しのぶさんのように凜々しくなれば違うのだろうか。

だが、たとえ百年経ってもしのぶさんのようにはなれそうもないし、彼女のようにならなければ、話を聞いてもらえないというのなら、絶望するしかない。

彼が携帯電話を弄って、堀口さんに見せている。写真を削除してくれたのだろうか。

ちょうど、拍子木の音が聞こえた。最後の幕がはじまる。

せり上がってきたのは白い着物を着て綿帽子《わたぼうし》をかぶった美しい女形だった。

はっとした。たしか先月、『摂州合邦辻』で玉手御前をやっていた人だ。ほっそりとしていて儚《はかな》げで、それなのに、強いまなざしをしている。

顔立ちも美しいが、それよりも指先まで美しくあろうとしているように見えた。目を奪われた。

踊りの意味はよくわからないし、上手《うま》いのか下手なのかすら判断できない。なのに、彼がいるだけで舞台から目が離せない。

休憩時間にばたばたしていて、筋書をよく読まなかった。後で名前を覚えなければならない。

そこにいるのは、鷺の化身なのか、それとも鷺を娘の形で表現しているのか、最初は鳥のように踊っていたのに、次に振袖の美しい娘に変わる。

衣装が一瞬で替わるのは、たしか引き抜きというのだ。先月の『娘道成寺』でも見た。

その後、娘は白い衣装に戻って苦しみはじめる。息絶えようとしているようにも見える。

優雅なのに、どこか壮絶さも感じられる。見惚れているうちに、娘は息絶え、幕が下りる。たぶん、三十分くらいだろう。短い一幕だった。

時計を見ると、まだ八時にもなっていない。堀口さんと話をしたとしても、今日は早く帰れそうだ。

人の流れに従って、正面玄関から出る。たしか絵看板の前だと言っていたはずだ。

幕見席入り口は正面玄関の横にあった。

後方座席にいたせいか、堀口さんはすでにそこに立っていた。わたしに向かって手を振る。

彼の横にいる男性を見て、わたしは息を呑んだ。わたしの写真を撮った人だ。

おそるおそる近づく。

「ああ、彼と話をしたら、彼は写真を消してくれるそうです」

それを聞いてほっとする。だが堀口さんは続けて言った。

「あなたが、自分にかけられた嫌疑を晴らすことができれば、の話ですが」

わたしたちは、劇場近くにあるセルフサービスのカフェに入った。二階席まである広い店だが、観劇帰りの人で賑《にぎ》わっている。わたしたちは二階席まで上がった。バルコニーのような、一階席まで見渡せるテーブルに案内される。わたしと堀口さんが並んで座り、その向かいに写真を撮った男性が座る。男性は誰かにメッセージを送っていた。

堀口さんが真っ先に口を開いた。

「わたしは名乗りました。あなた方が名乗るかどうかはご自分で決めてください」

わたしは少し躊躇《ちゅうちょ》した。名前ぐらい言ってもいいような気がするが、この人がどんな人かわからないのは少し怖い。

彼はしばらく黙っていたが、ようやく口を開いた。

「じゃあ、ぼくのことは一郎《いちろう》と呼んでください」

いかにも偽名だ。それならわたしも偽名を名乗るしかない。

「わたしはしのぶです」

咄嗟《とっさ》にいい名前が思いつかず、しのぶさんの名前を口にしてしまう。

「それで……わたしにかけられた疑惑ってなんですか？」

一郎は堀口さんとわたしの顔を見比べた。わたしに対しては敵意はあるが、堀口さんの手前、それを剝《む》き出しにはできないというような表情だ。

「しらを切っているんじゃないでしょうね」

ぎゅっと胸が痛くなる。わたしはこの人にはなにもしていない。写真を撮られたのはわたしの方なのに、なぜ、そんな言い方をされなくてはならないのだろうか。

「わからないから聞いています」

彼は小さく舌打ちをした。

「チケット詐欺《さぎ》ですよ」

わたしはぽかんと口を開けた。チケット詐欺とはいったい何なのだろうか。

「あの、チケット詐欺って……」

「SNSで、貴重なチケットを譲りたいと言って、欲しいと言った人にお金を振り込ませて、アカウントを消してしまう。警察には届けを出したが、なかなか動いてはくれない……わたしも、一緒にいた連れも被害者だ」

まったく覚えがないし、SNSのアカウントすら持っていない。無職で犬の世話と家事しかしていないのに、なにを発信することがあるというのだろう。

「あの……まったく覚えがないんですが、SNSもやってないですし」

「それを証明できるというのか？」

返事に困る。やっていることの証明は簡単にできるが、やっていないことの証明は難しい。

「そもそも、なぜわたしがチケット詐欺をしていると思ったのですか？」

「あんたの座っていた桟敷席が、ネットオークションで、詐欺をしているアカウントに売られたものだからだ」

はっとする。つまり、あの女性が席を替わってほしいと言ったのは、自分の席が特定されたことを知ったからだ。

「席を替わってほしいと言われたんです。自分は上演中に退出するから、と。女性でした」

「それを証明できるのか？」

隣に座っていた関西弁の女性たちなら、替わったところを見ているが、幕が下りて、劇場を出てしまえば彼女たちに会うこともできない。証明はできない。

堀口さんは、なにも言わずに話を聞いている。助け船を出してくれればいいのに、と、考えて、すぐに気づく。

これは、わたしが解決すべき問題だ。それに彼がいることで、話し合うことができた。それ以上甘えてはいけない。

だが、席を変更したことを知っている人はいるだろうか。同じ桟敷のブロックにいた女性なら。いや、彼女も連絡が取れないのは同じだ。

堀口さんがようやく口を開いた。

「口座番号を警察に届けたんでしょう。ならば、あとは警察にまかせたらどうですか？　警察は遅くてもかならず動きますよ。写真を撮ってどうするつもりですか？」

「証拠になるでしょう」

「座席に座っているだけの写真なんてなんの証拠にもなりませんよ」

一郎は堀口さんを睨み付けたが、わたしのときのように強い口調で反論はしない。

「彼女が否定しているのに、インターネットでチケット詐欺の犯人だと言って写真を公開すると、名誉毀損《めいよきそん》になりますよ」

堀口さんと一郎の会話を聞きながら、わたしは必死で考える。なにか自分の無実を証明するための小さな欠片《かけら》でもありはしないか、と。

ふいにある光景が脳裏に蘇った。

（席を交換してもらえませんか？）

そう言ってわたしに声をかけてきたとき、彼女の手にはハンドバッグとお弁当の紙袋があった。たしか、京橋にある老舗《しにせ》のお弁当屋さんだった。一度だけ、しのぶさんがお土産に持ってきてくれた記憶がある。

なぜ、お弁当屋さんの袋が気になるのだろうか。

動揺していることを知られないように、わたしは口を開いた。

「チケット詐欺の犯人にチケットを売ったという人がいるんですよね。その人は？」

なぜかその瞬間、一郎が困惑したような顔になった。言いたくないことを言うように、口を開く。

「あんたの隣に座っていた」

その瞬間、もうひとつのパーツが揃った。

呼吸を整えて、じっくり考える。論旨が破綻していれば、彼を説得できない。

わたしが持っているパーツは少ないし、それを証明できる人も劇場ならまだしも、ここではほとんどいない。

手に入れたパーツをうまく組み立てるしかない。

気が付けば、わたしの頭の中に弁天小僧がいた。窮地でも少しも焦らず、むしろその状況を楽しんで言うのだ。

「知らざあ言って聞かせやしょう」と。

「ひとつ思い出しました。わたしに席を交換してほしいと言ってきた人は、お弁当の袋を持っていました」

「それがどうかしたのか」

「そのお弁当の袋は、わたしの隣に座っていた人も持っていたんです」

どこにでも売っているお弁当ではない。歌舞伎座からは、歩いて二十分以上は離れてるはずだ。

隣同士に座るはずだった人が同じ店でお弁当を買う確率は、ゼロとは言わないが、そんなに高くないはずだ。

「つまり、そのふたりは知り合いか友達だったのではないでしょうか」

一郎はきっとわたしを睨み付けた。

「そんな人がいたかどうかもわからないのに、そんな曖昧なことを言われても、信じられるか」

「わたしの言うことが嘘かどうか確かめる方法がひとつあります」

「なんだ、それは」

「そのお弁当屋さんに行き、隣にいた女性……チケットを売ったという女性がひとりだったか、ふたりだったか、ひとりだったとしてもお弁当をふたり分買ったか、聞くことはできませんか？」

一郎は目をぱちくりさせた。

「どうやって……？　顔は覚えているが、写真もなにもないぞ」

わたしは深呼吸をしてから言った。これは賭けだ。

「わたしの隣に写っていませんか」

彼は、驚いたように携帯電話をつかみ、指でタップする。

「写っている……」

全身から力が抜けた。ひとつクリアだ。

「その人がふたり分、お弁当を買うはずはないですよね。桟敷の片方のチケットは詐欺師に売ってしまったから、ひとりで観劇しているはずです。だから、連れがいたり、ふたり分のお弁当を買っていたのなら、その連れが、チケットを売った詐欺師ということになる」

「そうとも言えないだろう。観劇する寸前に別れたのかもしれない」

「その場合は、わたしが彼女に連れがいたはずだと証言できるはずはないのでは？

わたしは席を交換してほしいと言ってきた人が、彼女と同じお弁当を持っていたのを見たから、そう言っているのです。そんな人がいなかったら、わたしがそう断言できるはずはない」

一郎は、低く唸って考え込んだ。

「だから、お弁当屋さんに聞きにいってください。なるべく早い方がいいです」

お弁当屋さんが覚えていない可能性も高いが、覚えている可能性だってゼロではない。それに、今大事なのは、わたしが嘘をついていないと、一郎に信じてもらうことだ。

堀口さんが口を開いた。

「歌舞伎座の桟敷席を、チケット詐欺アカウントに売ったという人とはどうやって知り合ったのですか？」

「SNSで情報を募っているとき、彼女から連絡がきたんだ。そのアカウントにチケットを売ったと」

「だとすれば、それを証明することもできませんよね」

「彼女がチケットを販売したときに使われた振り込み名義が、詐欺に使われた口座の名前と一緒だったんだ」

そう言って一郎はようやくはっとした顔になった。

ふたりが共犯ならば、そんなことは容易《たやす》いことだ。

一郎は唇を噛《か》んだ。自分が騙《だま》されていた可能性にやっと気づいたようだった。

「初対面のわたしのことを信じられなくても仕方がありません。でも、その人の言うことを鵜呑《うの》みにするのもやめてください」

「たしかに……言われてみれば……先ほどからメールをしても返事がない」

一郎は、狼狽《ろうばい》したような顔でそうつぶやいた。

説得できたのだろうか。彼は自分の思い込みに気づいてくれたのだろうか。

堀口さんの方を見ると、彼はなぜか、二階の手すりから下をのぞき込んでいた。

「堀口さん、どうかなさいましたか?」

彼は笑顔で振り返った。

「どうやら、あなたの勝ちのようですね」

わたしは彼が指さす方向を見た。

そこには、二等席に座っていた関西弁の女性たちがいた。

関西弁の女性たちは、席を替わってほしいと言ってきた人がいたことを覚えていた。そして、それが桟敷席だったことも。

一郎はようやく、わたしの写真を消すことに同意した。写真を拡大して、隣の席の女性の顔だけをトリミングすると、わたしの顔は画像から消えた。

「どうもすみませんでした」

最後にはそうやって詫《わ》びてくれた。彼も被害者だから、それ以上責めるつもりはない。

一郎と別れてから、わたしは堀口さんに頭を下げた。

「ありがとうございました。堀口さんのおかげで、写真を消してもらえました」

「いえいえ、彼を説得したのはあなたですよ」

それでもはっきりわかるのだ。わたしひとりでは、彼は話すら聞いてくれなかったかもしれない。

堀口さんは優しく微笑んだ。

「先日のことで、落ち着いていてしっかりした方だとわかっていましたから、きちんとご自分で説明されると思っていました」

はっとした。堀口さんが、あまり話さなかったのは、わたしを信じてくれていたからなのだ。

たったそれだけのことなのに、自分が一時間前よりも強くなった気がした。

「本当にありがとうございます。なんとお礼を言っていいか……」

「いえ、推理ゲームみたいで楽しかったですよ。でも、ひとつだけ、質問してもいいでしょうか」

「はい。なんですか？」

「岩居さん、あなたの本当のお名前……下のお名前をお伺《うかが》いしてもかまいませんか？」

「あ、はい。久澄と言います」

「ありがとうございます。また劇場でお目にかかるかもしれませんね」

彼は目を細めて笑うと、有楽町の方へ歩き出した。

その背中を見送りながら考えた。なぜ、彼はわたしが名乗った「しのぶ」という名前が偽名だと気づいたのだろう。

遠くなっていく背中を見送る。彼がそのまま鷺の姿になって飛び立ってしまうような気がした。

第五章

朝、七時前に目覚ましで起きて、パジャマのまま、台所に立つ。

ワルサにドッグフードをやり、母の弁当を作る。それほど手はかけない。残り物と冷凍食品の他に、玉子焼きを作るくらいだ。

母が起きてきたら、母のためにコーヒーを淹れて、パンをトースターに入れる。昨日のミネストローネの残りを火にかける。

毎日、同じことの繰り返しだ。真夏は、朝六時に起きてワルサの散歩をするとか、そういう違いだけ。

ミネストローネをマグカップによそい、トマトを切って皿にのせる。化粧を済ませて、髪をアップにした母が、洗面所から出てくる。

「おはよう。お腹空いた」

そう言いながら、母はトースターからパンを取り出してバターを塗りはじめる。相変わらず健康的で食欲旺盛だ。わたしは朝はカフェオレを飲むくらいで、どちらが二十代なのかわからない。

母が出勤した後、そのまま二度寝することもある。あまり自慢できるような生活ではない。でも。

バタートーストを皿に置いて、ミネストローネのカップを引き寄せた母が、わたしを見て言った。

「なに、久澄、ちょっと機嫌いいじゃない」

「そうかな。いつもと一緒だよ」

「そうだよ。顔色が明るいよ」

「いつもは暗いみたいに言わないで」

冗談でごまかしながらも、母の勘の良さに驚く。

そう。たぶんわたしは少しだけ機嫌がいい。鼻歌を歌ったりしてみたいし、空はきれいだと思うし、風は気持ちいい。

将来の不安はそのままで、それを考えると眉間に皺が寄るけど、でも、少しだけ前とは違う気がする。焦っても仕方がない、と思っている。

それはただの開き直りかもしれないけど、ずっと暗い気持ちでいるよりはいいのではないだろうか。

もう長いこと、自分が誇らしいと思ったことなどなかった。

でも、チケット詐欺の犯人だと疑われたとき、その疑いを晴らすことができた。もちろん、堀口さんの助けがあって、目撃者も見つかったからこそできたことだが、言い負かされることも、黙り込んでしまうこともなく、自分の主張を伝えた。

弁天小僧のように、ふてぶてしく、強気に出るとまではいかなかったが、わたしにしては、上出来だったのではないだろうか。

そう、上出来だったと思ったことなんて、いつ以来だろう。料理が上手く作れたときや、カーテンを洗濯したときに達成感はあったけど、それとはまた全然違う。

ずっと自分にはなにもできないような気がしていた。

他の人がちゃんとできていることもできなくて、なにかが欠けているのだとばかり思っていた。

もちろん、今でも自分に自信なんてない。ドラマなどに出てくる同年代の女性たちと比べて、できないことだらけだし、なりたい自分にも全然手が届かない。

それでも、ピンチをひとつ切り抜けることができたのだ。

欠けているのではなく、ただそこがへこんでいるだけなのかもしれない。空気の抜けたボールみたいに。

いつか、空気がぱんぱんに詰まったボールに戻れるか、それともへこんだままなのかはわからないけれど、へこんだまま転がっていくことだってできる。

そんなふうに思えるようになってきた。

この気持ちがいつまで続くのかはまだわからない。

その日は香澄がくる日だった。

メッセージで、「なにが食べたい？」と聞くと、「カレー。普通のカレールーで作ったやつ」という返事がくる。

市販のルーで作ったカレーなんて、誰が作ってもそこそこおいしくできるのに、と思うが、香澄が食べたいというのなら作るだけだ。なんたって、わたしの月収の三分の二は香澄の財布から出ている。

昼食にインスタントラーメンを作って食べていると、インターフォンが鳴った。ワルサが吠えずに玄関まで走って行くから、香澄なのだろう。

インターフォンの内蔵カメラで香澄だということを確認して、ドアを開ける。

「ワルサ、元気だった？」

香澄は優しい声でそうワルサに話しかけてから、わたしの方を見た。

「久澄も元気そうだね」

「おかげ様でね」

ワルサが先で、わたしは後回しなのか、と、思わなくはないが、香澄にとってワルサは王子様で、わたしはお世話係のようなものだから、仕方がない。

「お昼食べた？　なんか用意しようか？」

「うん、くる途中、カフェで食べてきたから大丈夫」

「カフェ。カフェなんてしばらく行ってないよ」

ぼやくと、香澄はにやりと笑った。

「お姉ちゃんが連れて行ってあげようか」

「うーん……」

カフェに行きたいというわけではないのだ。自分の気が向いたときに、ふらっと外で食事ができるような余裕をうらやましく感じるというだけだ。自由な時間はあるが、金銭的な余裕はほとんどない。

そういえば、このあいだ、歌舞伎を観た後に堀口さんとカフェに入ったが、あのときはゆったりとお茶をするような状況でもなかった。

香澄は椅子に座って、ワルサを膝にのせた。

「そういえば、また歌舞伎に行ったんだって？」

「ああ、うん、しのぶさんに聞いたの？」

「そう。昨日食事したの。久澄がおもしろい感想を書いてきてくれるから、自分が行ったような気分になれるって言ってたよ」

それを聞いて、少しほっとした。いつも長い感想を書いて送ってしまうが、見当違いなことを書いていないか心配だったのだ。

香澄は眉間にわざとらしい皺を寄せた。

「おかげでわたしが嫌味言われちゃったよー。あなたは、連れて行ってあげても、ずっと居眠りしてたわねって」

たしかに、眠くなってしまう気持ちもわかる。義太夫の声や、長唄のリズムが心地よく眠りを誘う。退屈で眠くなるのと、また少し違う気がする。

「香澄は遅くまで仕事してるから仕方ないんじゃないの」

「仕事の後、飲みに行ったりもするしねえ。あんな、時間の流れがゆるやかでなにを言っているかわからない環境に放り込まれたら、瞬殺よ」

だが、しのぶさんがそんなふうに自分を褒めてくれたのはうれしい。香澄と比べられると、なにひとつ勝てないような気がしていた。

少し前までは、しのぶさんと会ったとしても、なにを話していいのかわからないと思っていたが、今ならお芝居の話も少しくらいできるかもしれない。

たった二回、舞台を観ただけで、まだ大した知識もない。

だが、インターネットで歌舞伎の記事を探して熟読したり、テレビでときどきある舞台中継を録画して観たりしている。

興味を持って一ヶ月と少ししか経っていないのに、見える世界はどんどん変わっていく。知っている役者さんの名前が増え、演目の知識も少しずつ増えていく。曖昧でぼんやりした色彩の中に、くっきりした輪郭が立ち上がってくる。

歌舞伎なんて、ふさふさした毛の鬘《かつら》をかぶった人が、その鬘を振るようなものだとしか思っていなかったのに、今はそれが『鏡獅子《かがみじし》』や『連獅子』と呼ばれる演目だということも知っている。

まだ、どちらも観たことはないけれど。

これまでチケットをもらったのは、昼夜公演の夜だけだから、今度は昼公演の幕見席に自分で行ってみたい。そう考えるようになっていた。

香澄はなにかを思い出したように、ワルサを膝から下ろして立ち上がった。

「そうだ。しのぶさんから、次のチケット預かってきたの」

「えっ、本当？」

前に観てから、十日ほどしか経っていないし、演目はまだ変わっていない。昼公演なのか、それとも早めに届いただけで、来月のものなのか。

香澄が差し出した封筒を受け取る。撫子《なでしこ》の絵が描かれた、和紙の封筒だった。急いで開けたいのを堪《こら》えて、鋏《はさみ》で開封する。

出てきたのは、見たことのないチケット袋だった。これまでもらっていた歌舞伎座のものとは違う。

たしか、堀口さんが前に言っていたような気がする。国立劇場でも歌舞伎をときどきやっていて、歌舞伎座よりも少し安いのだ、と。これは国立劇場のものだろうか。

戸惑いながら、取り出したチケットにはこう書かれていた。

『オペラ　カルメン』

ワルサにおやつのクッキーをやっていた香澄が、こちらを向いた。

「久澄、なに固まってるの？」

「今回は歌舞伎じゃなかった……」

「えっ、なになに？　宝塚とか？」

わたしは首を横に振った。

「オペラ」

「えっ、オペラって、五万円とか七万円とかするんじゃないの？」

ひゅっと喉が鳴る。そんなチケット、働いていたときでもとても買えない。

あらためて、チケットを見ると、A席二万一千円と書いてあって、少しほっとする。

いや、二万円超えのチケットだって高い。このあいだの歌舞伎座の桟敷席よりも高い。

「二万一千円だって」

「あ、じゃあそんなに高くない……わけではないよねえ。旅館に泊まれちゃうじゃない」

最初に七万円なんて聞いてしまったから、相対的に安く感じるだけで、これだけ見ればやはり高いチケットだ。

そういえば、初めてのボーナスで、母と香澄を箱根に連れて行った。そのときはたしか三人で一泊六万円くらいかかってしまった。

温泉で食事をして一泊するのと、舞台を観るのとどちらがいいなんて、簡単には言い切れない。

たぶん、香澄は温泉に泊まる方がいいと思っているが、今のわたしなら、温泉に泊まるより歌舞伎をもう一度観たい。オペラが好きな人にとっては、この二万一千円のチケットも高くはないのだろう。

もしかしたら、五万円や七万円のチケットでも同じなのかもしれない。観たいと思う人がいなければ、そんな値段で売られるはずはない。

もっとも、そんな高いチケットを自分で買うことなどできないけれど。

香澄がチケットをのぞき込んだ。

「ほら、『カルメン』ってこれだよね」

ふんふふーんと鼻歌でメロディを歌う。たしかによく聞くメロディだ。

「たぶん、すごく有名なオペラだから、知ってる曲たくさんあると思うよ」

香澄がそんなことを言い出したことに驚く。

「香澄、クラシック好きなの？」

「演奏会とかは行ったことないけど、なんかアガるから、ＣＤはいくつか持ってるよ。意外に安いし」

姉妹でも離れて住んでいると知らないことがたくさんある。

『カルメン』は小説を読んだことがあるから、ストーリーも知っている。たしかにまったく知らない物語のオペラを観るよりは、ハードルは低い気がする。

「でもさ、オペラだったらそれこそ普段着では行けないんじゃないの？」

そうだ。それが問題だ。歌舞伎なら、もうどんな格好で行けばいいかわかるが、オペラとなると、また違うはずだ。

いつものように、母から借りた服でなんとかなるだろうか。スーツとか着た方がいいだろうか。

「まあ、せっかく行くんだから、楽しんでくれれば」

香澄は、のんきな口調でそう言ったが、ふいになにか思い出したような顔になった。

「そういや、なんか最近、オペラがニュースになってなかったっけ」

「知らない……」

あまりテレビも見ないし、インターネットのニュースサイトも、見たいものがあるときしか見ていない。世界から取り残されているような気がする。

香澄はスマホを片手で弄って、検索をはじめた。

「あ、ごめん。オペラじゃなくてバレエだった。なんか爆破予告で、公演が中止になったって」

そういえば、新聞に小さな記事が載っていた。

「結局、爆発物もなにも発見されなかったし、ただの悪戯《いたずら》だったんじゃないかって話になってる」

「そうなんだ……」

なぜ、爆破予告などがあったのだろう。予告するからには、公演を中止させることが目的なのだろうが、公演を中止させるメリットがあるのだろうか。

同業者の嫌がらせというわけでもないだろう。爆破予告で公演が中止になったから、別の舞台を観に行こうということにはならないだろうし、そもそも舞台そのものから足が遠のくかもしれない。

同じようなことがあったらと思うと、チケットの購入を控える流れになるかもしれない。

「劇場もプロモーターも大損だよね。公演中止になると、払い戻しをしなければならないし」

払い戻しをしたら、出演者にもギャラを払わなくてよくなるのだろうか。だが、それなら出演者も大変だ。稽古をして、スケジュールを空けたのに、ギャラがもらえないことになる。

「ま、バレエとオペラは違うし、劇場も違うし、心配することはないんじゃないの？」

香澄は、自分から言い出したことも忘れたように、笑ってワルサをまた抱き上げた。

ふいをつかれたワルサは、うぐう、と変な声を上げた。


香澄は、夕食を食べると帰って行った。

ルーで作ったカレーが食べたいと言った理由を尋ねると、こんな答えが返ってきた。

「自分で作ると、大量にできてしまって、四日くらい食べ続けなきゃならないから」

まあ、わからなくもない。たしかに今日も、鍋にいっぱいのカレーができてしまった。

たぶん明日もカレーになるだろう。

洗い物を済ませて、お風呂に入ると、わたしは自分の部屋に戻ることにした。

リビングのソファでは、母が半分寝そべるようにしながらテレビを見ていて、ワルサはその横で眠っている。

ハーブティーのマグカップを持って、二階に上がり、自室のパソコンの前に座る。

真っ先に、「オペラ　服装」と検索すると、知りたい情報がありそうなサイトがたくさん出てきた。

はじめてオペラを見るのに、なにを着るべきか迷う人は多いようだ。

信憑性《しんぴょうせい》の高そうなサイトを探して読む。おしゃれをしている人は多いが、カジュアルな服装だからといってつまみ出されるようなことはないらしい。

レストランに行くような服装であれば充分だと知って、ほっとする。だとすれば、いつものように、母からワンピースでも借りていけばいい。

安心して、パソコンをシャットダウンしようと思ったが、ふいに思い立って、もう一度検索してみる。

「バレエ　爆破予告」

出てきた検索結果を読む。爆破予告をされたのは、白縫《しらぬい》バレエ団という日本のバレエ団で、『海賊』という演目を上演する予定だった。劇場に爆破予告の手紙が届き、ただの悪戯かもしれないと考えたが、観客にもしものことがあれば取り返しがつかないから、上演を中止することにしたという。

一ヶ月ほど前のことだ。その後、続報はないということは、犯人は捕まっていないのだろう。

爆破予告をするなんて、どう考えても嫌がらせだ。バレエ団の団員に恨みがあるのか、演目が気に入らなかったのか、それとも他に理由があるのか。

そういえば、何年か前、あるマンガのイベントに脅迫状が送られるという事件が続いたことがあった。捕まった犯人は、そのマンガ家の知人でもないのに、ただ一方的な嫉妬《しっと》と恨みを抱いて、脅迫状を送ったと告白していた。

知らない人が勝手に恨んで、脅迫状を送ったのなら、捕まえるのは難しいのではないだろうか。

マンガ家のケースも、回数を繰り返したから捕まっただけで、一回だけならば、うまく逃げおおせたかもしれない。

検索しながら、いろんなサイトを見ていくと、そのバレエ団のスターを中傷するような内容のものまで出てきた。

公演中止と払い戻しで金銭的なダメージを受けているのに、この上、中傷まで受けるなんて、あまりにひどい。内容を読むのを止めて、そのページから引き返した。

白縫バレエ団のサイトを見ると、楽しみにしてくれた観客への謝罪と、くわしい説明が書いてあった。

劇団が、海外の有名なバレリーナを招聘《しょうへい》していて、彼らには契約通りのギャランティを払わなければならなかったために今は厳しい状況らしい。寄付を募るような文面もあった。

手紙一枚で、相手に金銭的なダメージを与えられ、自分はなんの損もしない。こんな事件が多発したら大変だ。

悪戯だとしても、まったく対策をしないわけにはいかない。

そう考えたとき、ドアの向こうから、ヒンヒンという声がした。ワルサが、二階まで上がってきたようだ。

母のことも好きなのだが、どうやら寝るときはわたしと一緒と決めているらしい。ドアを開けてやると、とことこと入ってきて、ベッドに飛びのった。「早く寝ないの？」と言うようにわたしを見る。

一度ネットサーフィンをはじめると、際限なく続けてしまう。わたしはブラウザを閉じて、パソコンの電源を落とした。

ワルサがいることで、わたしの日常は、少しだけ規則正しくなっている。

開場は、開演の四十五分前だった。

歌舞伎は三十分前だった。映画なら、だいたい十分か十五分前だ。舞台芸術でもジャンルによって違いがあるのだな、と考える。

いつものように、母から借りたシャツワンピースを着て、ひさしぶりにストッキングと冠婚葬祭用の黒いローヒールを履く。

昔買った、ターコイズのネックレスを身につけた。

わたしの精一杯のおしゃれだ。

劇場は、駅からすぐの場所にあった。通りに面した部分がすべてガラス張りになっていて、開放的に見える。白い壁の建物も、モダンで美しい。有名な建築家が建てたものなのだろう。

劇場に入っていく人々も、歌舞伎と少し違う。

着物の人は歌舞伎ほど多くはない。女性はワンピースや少し華やかなブラウスなどを着ている人が多く、男性はジャケットを羽織っている人が多いように見える。

若い人もいるが、四十代から六十代くらいまでの人がいちばん多いような気がする。

わたしの席は二階だった。エスカレーターで上っていくとき、前の方に見覚えのある背中が見えたような気がした。

まさかね、と苦笑する。

歌舞伎座で二回会って、今度はまたオペラで出会うなんて、そんな偶然があるはずはない。

彼は、すたすたと歩いて行き、座席表の前で足を止めた。横顔を見て息を呑む。

そこにいたのは堀口さんだった。

思わず声をかけた。

「堀口さん」

こちらを見た彼の目が丸くなる。

「おや、岩居さん、こんにちは。オペラもご覧になるんですか？」

わたしは慌てて両手を振った。

「いえ、今日、はじめて観るんです」

「そうですか。『カルメン』なら初心者向けですよ。曲がとてもいいし、話もわかりやすい。有名で誰でも聞いたことのある曲ばかりですから、耳に馴染《なじ》むでしょう。わたしなど、はじめて観たオペラが『ヴォツェック』で、なにがなにやらわかりませんでしたよ」

オペラを観たことがないわたしでも、『魔笛』や『トスカ』や『蝶々夫人』などのタイトルは知っているが、『ヴォツェック』などというタイトルははじめて聞いた。

「チケットをもらったんです。でも、オペラなんてはじめてで、緊張しています」

そう言うと、彼は目を細めた。

「緊張されるようなことはなにもないですよ。ただ、音楽に浸《ひた》ればいい。字幕があるから歌舞伎よりもわかりやすいかもしれませんね」

歌舞伎よりもわかりやすいと聞いて、少し安心した。

思い切って聞いてみた。

「堀口さんは、よく舞台を観にいらっしゃるんですか？」

あまりにも偶然が続いていて気味が悪い。堀口さんが劇場に住んでいるとでも考えなければ、納得できない。

堀口さんは少し意味深な顔をした。

「演劇批評を仕事にしています。だからしょっちゅういろんな劇場に行くんですよ。月に十五本は観ます」

「月、十五本？」

だとすれば、一ヶ月のうち半分近く劇場にいることになる。しょっちゅう会っても不思議はない。

「わたし、堀口さんが歌舞伎座に住んでいるのかと思いました」

そう言うと、彼は声を上げて笑った。

「それはおもしろいですね。『オペラ座の怪人』みたいだ。歌舞伎座の怪人ですかね」

『オペラ座の怪人』はミュージカルだ。これもタイトルだけ知っている。

そう、タイトルだけ。

不思議な気がした。タイトルがあるのなら、そこに物語があるのは当然なのに、ただ、タイトルだけを聞き流して、どんな話なのか知りたいとも思わなかった。

オペラ座の怪人は、なぜ、オペラ座に住んでいるのだろうか。なにか悪いことをするのか、それともいい人なのだろうか。

まるで、謎だけ聞いて、答えを知りたいとも思わずに、やり過ごしているみたいだ。

「『オペラ座の怪人』ってミュージカルですよね」

「元は小説ですけど、ミュージカルが有名ですね」

ミュージカルは上演されなければ観ることはできないが、小説ならば、いつでも読むことができる。

オペラ座の怪人がどんな人なのか、急に知りたくてたまらなくなった。

開演五分前のブザーが鳴る。堀口さんは上を指さした。

「わたしは三階席なので、もう行きますね」

「あっ、お引き留めしてしまってすみません」

「いえいえ、岩居さんがお元気そうでよかったです」

歩き出す前に、堀口さんはもう一度わたしを見た。

「『カルメン』の原作は御存知ですか？」

「小説を読みました。文章がとても美しいと思いました」

なぜか、堀口さんは悪戯っぽく笑った。

「きっと、びっくりされますよ」

エスカレーターを上っていく堀口さんの背中を見送る。

ふいに気づいた。なぜ、三階席なのに彼は二階席の座席表を眺めていたのだろう。

次回公演の二階席を持っていて、席を確かめたかったのだろうか。

不思議に思いながらも、自分の席に着く。二階席とはいえ、A席はS席の次にいい席だから、舞台はそんなに遠くない。充分見やすい席だ。

二階からのぞき込むと、舞台と客席の間に、大きくへこんだスペースがあることに気づいた。

その中にオーケストラの人たちが入っている。たぶん一階席からはほとんど見えないだろう。二階席からでも頭くらいしか見えない。

オーケストラピットというものだろうか。名前だけは聞いたことがある。

指揮者がお辞儀をすると、盛大な拍手が巻き起こった。

指揮者はオーケストラの方を向いて、指揮棒を振り上げた。

音楽が始まった。わたしは大きく目を見開いた。

知っている曲だ。なんども聞いたことがある雄壮な音楽。だが、これまでなんとなく聞き流していたのとは、まったく違うように聞こえた。

音のひとつひとつが、雨粒のようだった。

大きな雨粒がひとつひとつわたしの身体の上に降ってくる。皮膚の上で冷たく弾《はじ》けて、わたしを濡らす。わたしはあっという間にずぶ濡れになる。

(なにこれ？　なに、これ？)

こんなふうに全身が音に浸されるような感覚ははじめてだ。これが、本当に音楽を聴くということなのだろうか。

ぽかんとしているわたしを混乱させる出来事が、また起こった。

舞台を車が横切っていったのだ。たぶん、何十年も前のスポーツカー。鮮やかなブルーだけれど、年代物であることがわかる。

舞台の上を車が走る。それだけでも驚きなのに、演目は『カルメン』だ。『カルメン』っていつの話だっけと必死で思い出す。たしか書かれたのは百五十年以上前のはずだ。車なんか走っているはずはない。ましてや、スポーツカーが。

舞台の上には、ホセとホセの婚約者であるミカエラが話をしている。ミカエラという登場人物は小説にはいなかったような気がする。

ミカエラはホセに帰ってきてほしいと言っているようだ。だが、ホセの服装は現代の兵士のような迷彩服だし、ミカエラも白いブラウスにタイトスカートという格好だ。まるで、現代の話のような衣装。

だが、字幕に表示される台詞や歌詞は古めかしい。

混乱しているうちに、場面は煙草工場に変わる。

大勢の女たちが舞台に現れるが、工場の作業着のような白衣を着ている。

オペラといえば、きらびやかなドレスを着ているものだとばかり思っていたし、カルメンと言えば赤いフラメンコの衣装みたいなイメージがあった。

だが、舞台上の女たちは、白衣のまま つかみ合いの喧嘩《けんか》をしている。まるでおばちゃんたちのキャットファイトだ。

その中で、ひとりの女が白衣を脱ぎ捨てた。黒いキャミソールとロングスカート。

一瞬でわかった。

彼女がカルメンだ。


一幕が終わった後、わたしは立ち上がってロビーに向かった。

プログラムを買っていないことを思い出した。しのぶさんから頼まれているし、なによりプログラムの解説を読まなければ、頭がまとまりそうもない。

間違いなく、上演されていた物語は『カルメン』なのに、わたしのイメージしていた『カルメン』ではなかった。

現代の『カルメン』だった。ホセは、戦争で心を病んだ兵士で、カルメンは煙草工場で働いている、暴力も盗みも平気な女だった。

パンフレットを買って、座るところを探していると、柱にもたれている堀口さんが目に入った。

手にはシャンパンのグラスがある。

はっとして見回すと、みんな思い思いにロビーで、シャンパンやワインを飲んだり、サンドイッチやカナッペをつまんだりしている。

売店のようなブースが並んでいることは気づいていたが、どうやら飲み物や軽食を売るブースだったようだ。

もちろん、わたしはそんな無駄遣いをするつもりはない。そもそもお酒も飲めないし。

堀口さんに話しかけたい気持ちはあるが、ひとりの時間を楽しんでいるところを邪魔するべきではないのかもしれない。

なにげなく、エントランス近くに目をやると、黒いスーツを着た係員たちがなにか口論をしている。内容までは聞こえない。

「どうですか？　驚かれましたか？」

話しかけられて、振り返ると堀口さんが立っていた。

「びっくりしました。こんな『カルメン』だとは思ってませんでした。現代の話になっているんですね」

「新演出というものです。古典を新しく解釈し直す。今回のように現代の話にすることもあれば、もっと違う意味を持たせることもある。『ワルキューレ』は御存知ですか？」

わたしは首を横に振った。

「戦って死んだ兵士をヴァルハラ——端的に言うと天国ですね——に連れて行く戦いの乙女ですが、死者を運ぶのに、病院のストレッチャーが使われているのを観たことがあります」

それはほとんど救急医療だ。

不思議に思ったことを尋ねてみた。

「歌舞伎にも新演出ってあるんですか？」

「ないわけではないですよ。でも、数は少ないし、継続して上演されることはあまりないですね。歌舞伎とオペラには大きな違いがありますから」

「違い？」

「歌舞伎には、普通、演出家がいないんですよ。役者ひとりひとりが自分で演出するんです。オペラには演出家が必ずいますから、演出家が新しいものを作り上げたいと思えば、根本から作り替えることができる」

歌舞伎に演出家がいないのなら、そもそも壊す人がいないということだろうか。

そんなことを考えていると、女性の声のアナウンスが流れた。

「大変申し訳ありません。舞台装置のトラブルにより、第二幕の開演が十五分遅れます。しばらくロビーでお待ちください」

声にはどこか焦りのようなものが感じられた。

「どうしたんでしょうね」

そう言って、堀口さんの方を振り返ったわたしは、はっとした。

彼はひどく険しい顔で、あたりを見回していた。

第六章

「ちょっと失礼します」

堀口さんはそう言うと、ロビーの奥の方に歩いて行ってしまった。

急に手持ち無沙汰になる。喉は渇いているが、こんなところで飲み物は買えない。

コーヒーだけで六百円近くしていた。

今回、お弁当は持ってきていないが、いつも通り、サーモマグにコーヒーは入れてきた。

ここで飲むのは、なんだか落ち着かないし、客席での飲食は禁止だとアナウンスがあった。

立ったまま利用できるテーブルがいくつもあったが、売店で買ったサンドイッチや、カナッペを食べる客でいっぱいだ。

うろうろしていると、目の前の長いすから、人が立ち上がった。空いた場所に腰を下ろして、サーモマグのコーヒーを少し飲んだ。

同じ長いすに座っていた男性が隣に置いていた鞄を床に置いた。わたしが窮屈《きゅうくつ》でないように、場所を空けてくれたのだろう。ぺこりと頭を下げると、彼は小さく頷いた。

彼の持っている鞄は、黒い合皮のような素材でできていた。普通、サラリーマンが持っているブリーフケースとは少し違うように見えた。平たくて、そしてがっしりしている。書類よりももっと重くて、大事な物を運ぶためにできているようだ。

またアナウンスがあった。

「舞台装置のトラブルにより、第二幕の開演を十五分遅らせていただきます。開演の案内があるまで、ロビーでお待ちください」

よくあることなのだろうか。数えるほどしか劇場に来た経験がないからわからない。

隣の男性がこちらを見ていることに気づいた。三十代くらいだろうか。背が高く、がっしりとした体格をしている。

目が合ったのに、なにも言わないのも妙な気がして、わたしは口を開いた。

「なにがあったんでしょうか」

「さあ……機材トラブルって言ってましたね」

当たり障りのない会話をする。

彼がなにか言おうと口を開いたとき、携帯電話が震える音がした。

わたしのではない。彼がスーツのポケットからスマートフォンを取り出して、電話に出る。

「なに？　なにかあったの？」

彼の口調は少しとげとげしい。自分に関係ないこととはいえ、少し心がざわつく。

鞄からサーモマグを取り出して、もう一度コーヒーを飲んだ。

「昨日も言っただろう。今日は仕事なんだから、急用でない限り、電話をかけてこないでくれって。うん？　ああ、今は休憩中だから電話を取れたけど、演奏中は取れないから」

不思議な気がした。

今、彼がいるのは劇場のロビーで、オペラの幕間《まくあい》だ。仕事中というのとは少し違う。仕事だと嘘を言って、オペラを観にきているのか。それとも、オペラを観ること自体が、仕事なのか。堀口さんと同じように。

そんな仕事があったらいいのに、と思う。

もちろん、そんな仕事ができるのは、きちんと勉強して知識も見識もある人たちで、簡単にやりたいと言っても、手が届くはずはないだろう。それでも好きなことに関われる仕事があると思うと、少しだけ胸が躍《おど》った。

そう考えて気づいた。わたしは舞台が好きなのだろうか。

歌舞伎を二回観て、そして、今日はオペラをはじめて観にきただけ。しかも自分のお金でチケットを買ったわけではない。観劇が趣味だなんて、とても言えない。

だが、それでも。好きだと思うことは、誰かに否定されるようなことではない。

華やかな非日常があふれる劇場に、ほんの少しおしゃれをして足を踏み入れることで、わたしの生活の一部は、確実に変わった。

毎月でなくてもいい。何ヶ月に一度でもいいし、年に一度でもいい。舞台を観続けられるようになりたい。

そのためには、やはり働きたい。

これまでは、ただ漠然と働かなければならないという焦りに囚《とら》われていた。働かず、結婚もしていなければ一人前の大人ではないのだと、漠然と思い込んでいた。でも、そんな曖昧な動機では、なかなか動く気になれなかった。

少ない回数でも、自分で選んでチケットを買って、舞台を観に行きたい。そう思うと、急に働くという選択肢が目の前にによっきりと顔を出した。

帰ったら、またハローワークに行ってみよう。ワルサには少し寂しい思いをさせるかもしれないけれど、仕方がない。

わたしの人生はこの先も続いていくのだ。

開演のアナウンスは、まだない。シャンパンやオレンジジュースを片手に談笑していた観客たちの間に、不穏な空気が漂いはじめる。

まだ休憩時間は終わらないのだろうか。考え込んでいると、隣の男性が口を開いた。

「ずいぶん押しますね」

言われたことばの意味がすぐにはわからなかった。そういえばテレビなどで「時間が押す」という言い回しを聞いたことがある。遅れるとか、そういう意味だったと思う。

「ええ、そうですね」

昼間の公演だったから、帰ってから夕食を作っても充分間に合うと思って、なにもしてきていない。あまり遅くならないといいのだが。

彼は続けて言った。

「お若いですが、オペラにはよくいらっしゃるのですか？　音楽をやっていらっしゃるとか？」

　わたしはあわてて両手を振った。

「いえ、はじめてです。たまたまチケットをいただいたので……」

　彼の顔から、急に緊張の色が消えた。笑顔になる。

「へえ、はじめてで、この指揮者にあたるのは運がいいですよ。なかなか日本で振ってくれることはないですから」

　そう言われたから、プログラムを開いて指揮者を確認する。ロシア語のすぐには覚えられそうにない名前があった。

「来年からは、スペインの管弦楽団の芸術監督に就任することが決まっていますから、しばらくオペラで振ることはないでしょう。ぼくはバイロイトで聞いたことがありますが」

「はあ……」

「でも、せっかくの初オペラが、こんな独りよがりな演出で残念ですね。せっかくの音が台無しだ」

　独りよがりな演出というのは、先ほど堀口さんが言った「新演出」のことなのだろうか。

たしかに、『カルメン』と聞くと、フラメンコダンサーのような赤いドレスを想像していたから、現代的な衣装に驚いた。

「でも、おもしろいと思いました」

そう言うと、彼はあからさまにムッとした表情になった。

「オペラを観慣れていないから、目新しく感じるだけですよ」

嫌だな、と思う。この人とあまり長く話していたいと思わない。

堀口さんと話をしているときには、こんな嫌な気分にはならなかった。堀口さんは、いきなりお芝居に対して、ネガティブな評価をしたり、わたしの感想を否定したり、初心者だからとバカにしたりもしなかった。

堀口さんと最初に会ったときのことを思いだした。あのとき、堀口さんがわたしに声をかけてくれたのは、わたしが不安でいっぱいになり、困っていたときだった。

この人が、わたしに話しかけたのは、自分が話して気分良くなりたいからだ。

お手洗いには特に行きたくないが、行くふりをして席を立とうとしたときだった。

開演ベルが鳴った。

彼は驚いたような顔をして、まばたきをした。

「まさか、やるのか……？」

第二幕がはじまる前に席に着いた。

休憩が長かったのと、少し嫌な思いをしたせいで、一幕終演後の高揚感は萎《しぼ》んでしまっていた。続きを観て忘れてしまいたい。

第二幕の後にも休憩があるが、そのときはさきほどの男性に会わないように注意しよう。

心臓の音が大きい。わたしはひどく動揺している。

落ち着け、落ち着け。そう自分に言い聞かせる。

先ほどの彼は感じが悪かっただけで、別にわたしにひどいことをしたわけではない。動揺してしまうのは、わたしのせいだ。でも、だからといって、鼓動が落ち着くわけではないのだ。

前方に、三つ並びの空席があることに気づいた。他の席がほとんど埋まっているから少し目立つ。こられなかった人たちがいたのだろうか。

指揮者がオーケストラピットに入ってきて、拍手が起こり、幕が上がる。

一幕はホセがカルメンに誘惑されて、彼女を縛る縄を解《ほど》いて逃がしてしまったところで終わっていた。

原作の小説を読んだのは大学生の頃だが、少し話が違う気がする。

舞台上には、大勢の人がいて、みんな思い思いに酒を飲んだり、騒いだりしている。カルメンを演じる歌手が、今度は鮮やかな赤のキャミソールドレスで現れた。日本人の感覚では、太っていると感じる。だが、彼女は間違いなく、美しく、蠱惑的《こわくてき》な運命の女《ファム・ファタール》だった。

不思議だった。これまで、ある一定の型にはまった女性だけが美女として存在できるのだと信じていた。痩せていて、若くて、顔立ちが美しい女だけ。

だが、舞台の上に立つカルメンは、太っていようが若くなかろうが、まったく気にならないほど美しく、魅力的だった。

彼女は舞台の上でフラメンコを踊る。たっぷりとレースのついたフラメンコドレスではなく、シンプルな赤のドレスで。

わたしはその姿に見とれる。堂々としていること、強いこと。それも美しさなのだとはじめて気づかされた。

次に、男性が舞台に現れた。上半身が裸だ。割れんばかりの拍手が起こったから、彼もきっと主要な登場人物なのだろう。

彼は、酒場のテーブルの上に立って美しい声で歌い始める。はっとした。「闘牛士の歌」だ。有名な曲で何度も聞いたことがあるし、先ほど一幕のはじめの序曲でも使われていた。

それにしても、「闘牛士の歌」というタイトルは知っていたが、本当に「自分は闘牛士だ」という歌だとは思わなかった。

闘牛士はエスカミーリョという名前で、カルメンはあきらかに彼に恋をしている。彼もカルメンに一目で惹《ひ》かれているようだ。

エスカミーリョを演じる男性歌手は、背も高く、若い美男子だ。ホセを演じる歌手が、少し太り気味の中年男性なのと、対照的だ。

わたしは、この話の結末を知っている。だから、この対比はひどく残酷に思えてくる。

それでも、ホセを演じる歌手が、華やかな美男子を演じることもあるのだろう。今回、冴《さ》えない男性に見えるのは、役のせいも大きいはずだ。

暗闇の中を、遅れて入ってくる男性がいた。背が高いから、視界の邪魔になる。

彼は、三つ並んで空いていた席のひとつに座った。

たぶん、あのあたりはS席だろうから、二万八千円だったはずだ。ふたつ空いたままだと五万円以上が無駄になる。なにかでこられなかったのか、そもそも売れていないのか。

彼の後頭部を見ていて気づいた。先ほど、話をしていた男性によく似ている。

だが、彼が遅れて入ってくる意味がわからない。先ほどの休憩時間、ロビーにいたのだから、開演に間に合うように入れるはずだ。

きっと気のせいか、もしくは寸前に仕事の電話がかかってきて、ロビーで電話をしていたのかもしれない。

舞台の上にはホセが登場していた。彼は、カルメンに近づく。

カルメンに誘惑され、彼女を逃がした罪で投獄されていたのだ。カルメンは、ホセを歓迎し、彼のために歌い踊る。

この時点では、ホセとカルメンは惹かれあっているように見える。だが、軍服をだらしなく着崩し、無精髭を生やしたホセの姿は、どこかストーカーじみて見える。カルメンの心は、すでに先ほどのエスカミーリョに捉えられているようにも思えるのだ。

原作ではそうではなかったと思う。

カルメンは、自由で悪を悪とも思わないような女だったが、ホセは誠実な男性だったはずだ。

もしかすると、これが演出家の意図なのかもしれない。悪女によって、真面目な男性が翻弄《ほんろう》される話ではなく、自由な女と、惑わされて自分を見失い、ストーカーのようになる男として描くこと。

たぶん、その方が現代的だ。先ほどの男性にとっては、独りよがりな演出に見えるのかもしれないけれど。

同じストーリーでも演出次第でまったく違うように描くことができる。

心がざらついた。積み重なった記憶の層が崩れて、忘れたい記憶が蘇る。

彼は、五年ほど先輩の男性社員だった。二十代後半で、モデルみたいにきれいな顔をしていた。仕事もできたと思う。

わたしが大学を出て、就職したのは食品関係の会社だった。コンビニに卸《おろ》すお弁当を作ったり、社員食堂の運営などを主にやっていた。

仕事は忙しかった。毎日、十時、十一時まで残業をして、週の内半分は終電で帰っていた。

忙しかったけれど、みんなそんなものだと思っていた。身体は疲れていて、休みの日はベッドから起き上がることすらできなかったけれど、誰でもそうだと思っていた。

母だって、香澄だって、忙しく働いていた。わたしだけが弱音を吐くことなどできない。

その先輩が、よくわたしの身体に触れることには気づいていた。すれ違うとき、わざと腰を触ったり、肩をよく揉まれた。

気のせいだ、と思った。彼はハンサムだから、きっとわたしなどに興味を持つことはない。嫌だと思うのは、自意識過剰だ、と。

やめてほしいなんて言えば、きっと笑われる。

女性社員の中には、優しい人もいたけど、相談することはできなかった。自慢していると思われてしまうのが怖かった。

今になってわかる。わたしは目に見えないものに搦《から》め捕られていた。

その日は祝日の前日で、いちばん遅くまで残業していたのは、わたしと彼だけだった。本当は帰りたかったのに、彼から仕事を手伝うように頼まれてしまった。

与えられたのは、休み明けでも問題ないような仕事で、戸惑いながら、わたしは文字をパソコンに入力し続けた。

彼は、わたしのパソコン画面をのぞき込みながら、わたしの肩と腕を撫で回した。

不快さを恐怖が上回っていく。

なんとか、頼まれた仕事が終わったときには、夜十一時を過ぎていた。一秒でも早く帰りたかった。

「失礼します」

そう言って立ち上がったとき、彼はわたしの手をぎゅっと握って笑った。

「お礼するから、飲みに行こうよ」

そのとき、恐怖感が自制心を上回った。わたしは彼の手を強く振りほどいていた。

彼は笑顔を崩さなかった。なのに、その目には強い怒りが浮かんでいた。

口角をあげたまま彼は言った。

「なに勘違いしてるんだよ。おまえみたいなブス、誰も興味なんか持たねえよ」

そうだろう。それはわかっている。彼は自分になんか興味を持たないと、ずっと信じていた。

だけど、怖いと思ったことは間違いだったのだろうか。触られたことを不快だと思ってはいけなかったのだろうか。

帰りの電車の中で、わたしは泣き続けた。ブスだと言われたことが悲しいのか、触られたことが怖かったのか、自分でもわからなかった。いつも混んでいる電車なのに、なぜか自分のまわりだけ空間ができていて、泣きながらもそれがおかしかった。

無関心なんて、目に見えないものだと思っていたのに、こんなはっきり可視化されることもあるのだと知った。

それでも、自分さえ忘れれば、この後もやり過ごせるのだと信じていた。実際に性暴力を受けたわけではない。

だが、次に出勤すると、会社の空気はまるで変わっていた。

にやつきながら、わたしをちらちら見る人、怒っているような顔で無視する人。なにが起こったのかわからなかった。

彼が、なにを言ったかを知ったのは、二週間も経ってからだった。

残業を手伝ってくれるように頼んで、そのお礼に食事でもして帰ろうと誘ったら、わたしが金切り声を上げて、「やめてください。セクハラですよ！」と叫んだと彼は上司や同僚に言いふらしていた。

「参りましたよ。全然、そんなつもりないし、タイプですらないのに、ああいう子って自意識過剰ですね。仕事頼んだだけでセクハラ扱いされたら困りますよね」

彼が嘘をついていると訴えることはできなかった。

肩を触られたり、腰を触られたりしたのも、一瞬だったし、あまり人が見ていないときを狙っていたような気がする。

それに、事実と全然違うと言い切ることも難しかった。なにか証拠が残るような来事ではない。彼の言うことは、彼の目から見ると真実なのかもしれないと思った。

それだけでは終わらなかった。

なぜか、上司から彼の下につくように言われ、その日から地獄がはじまった。

新メニューの開発をするチームで、わたしはまず、彼だけに企画を出すように言われた。わたしが頑張って考えた企画は、いつも彼に完膚《かんぷ》なきまでに否定された。いいところもなく、凡庸《ぼんよう》で、少しもおいしそうではないと言われた。人気の食材を使えば、流行に乗るなと言われ、素朴なお総菜のメニューを考えたら、ダサい、若い人の気持ちがわかっていないと怒られた。

そして、その後、彼はわたしが考えたのとそっくりなメニューの企画を出した。いくつかは商品化された。

誰かに相談することもできなかった。また自意識過剰だと思われるのが怖かった。

そんな日々が、半年ほど続いただろうか。

朝、目が覚めて、わたしは自分の身体が動かないことに気づいた。

気が付けば、二幕目が終わっていた。ホセは、カルメンのために上司を殺し、ふたりで逃げ出した。

ロビーに出て、携帯電話の電源を入れようとしたとき、後ろから声をかけられた。

「やあ、第二幕はいかがでしたか？」

一瞬、堀口さんかと思ったが、先ほど話しかけてきた男性だった。少しがっかりする。どうやら、わたしを話しやすい相手だと考えたらしい。

「ええ、とてもよかったです」

「そうですか？　音もあの指揮者にしてはどこか間延びしていて、感心しませんでしたね」

「わたしはよく知らないので……」

逃げようと、少し場所を移動したが、彼はわたしの後をついてきた。

「あえて現代にするのも目新しさだけを狙っているし、しかもなんでホセをあれほど惨《みじ》めに描こうとするんでしょうね」

「さあ……」

本当はわかる。カルメンのラストがどうなるかを考えると、ホセを女に惑わされた真面目な男として描くのではなく、執拗《しつよう》なストーカーのような男として描くことにも、ある種の正しさはあるはずだ。

だが、彼にそう言っても伝わらないし、よけいにわたしを言い負かそうとするはずだ。

なぜか、ロビーの観客たちがざわついているような気がする。なにかがあったのだろうか。

携帯電話の電源を入れる。画面を見ると、香澄からの着信とメールがいくつもあることに気づいた。ほぼ同時に、携帯が振動する。

「はい？」

電話に出ると、香澄の焦ったような声が聞こえる。

「ねえ！　カルメンって今日だったよね」

「うん、そうだけど？」

「なんか、ツイッターで爆破予告とか言われてるんですけど！」

驚いて、携帯電話を取り落としそうになる。

「なにそれ？」

「ツイッターに、劇場に爆弾を仕掛けたって書かれてすごい勢いで拡散されてるの！そちらではなにもアナウンスないの？」

「ない……と思う」

わたしは隣に立つ男性に目をやった。

彼は、先ほど第二幕が開演すると聞いて、驚いていた。まるで中止になるのが当然だと思っているようなふるまいだった。

彼の手には、黒い鞄がある。頑丈そうで、精密機械のようなものも収納できそうな黒い鞄だった。映画なら、爆弾が入っていてもおかしくはない。

心臓が急に早鐘のように鳴り始める。

「大丈夫そうだけど、また連絡する」

「そう？　気になるから帰りなよ……」

「でも、なにもアナウンスしてないから、きっと大丈夫だよ。じゃあまたね」

わたしは電話を切ると、彼に言った。

「今日この劇場に爆弾が仕掛けられているという話が出てるらしいですよ」

彼は小さく頷いた。

「ツイッターで話題になっているようですね。あなたは帰らないんですか？」

「さあ、どうしましょう」

彼は少し怖い顔になった。

「そういうのを、正常性バイアスと言うんですよ。みんなが普通に過ごしていることとで安全だと信じるような」

そう。それは知っている。わたしは、職場の男性に肩や腰を触られても、それに抗議することはできなかった。たいしたことではないと、不快感を押し殺していた。

だが、わたしが気になるのは、彼がいつ、ツイッターでの爆破予告を知ったかということだ。

前回の休憩時間も、電話は受けていたが、ネットは見ていないようだった。そして、今回は休憩がはじまってすぐだ。携帯電話を見る時間はない。

先ほど、遅れて入ってきたのが彼ならば、開演後から劇場に入るまでの時間、ネットを見ることはできるが、高いチケット代を払って舞台を観ずに、なぜネットを見ていたのかがわからない。

わたしは彼の鞄を指さした。

「そこに爆弾が入ってそう」

彼は声を上げて笑った。

「見てみますか?」

長いすに座って、彼は鞄を開けた。中には黒い管楽器がきっちりと収納されていた。はっきりと断言はできないが、たぶんオーボエと呼ばれる楽器だ。

「オーボエ、ですよね。演奏されるんですか？」

「ええ、今はフリーですけどね」

つまり、プロの演奏者だということだ。そういう人が爆弾など仕掛けるはずはないと思いたい。そういう人だからこそ、動機があるのかもしれないけれど。

彼の携帯電話がまた鳴る。彼はすぐに電話に出た。

「ああ、母さん？　大丈夫だよ。うん、そう。仕事だよ。もうすぐ終わるから帰るよ。うん、さっきは演奏中だったから、電話に出られなかったんだよ」

満足そうな表情で、彼はそう話している。

背筋がぞわぞわとした。彼はなぜ、「仕事」だと言い張るのだろうか。評論家とかライターではないようなのに。

なにかに辿《たど》り着けそうな気がする。わたしでなければ、辿り着けない場所に真実があるような気がする。

アナウンスの声が響いた。

「お客様にお知らせします。先ほど、この劇場内に爆発物を仕掛けたというインターネットの投稿がありました。劇場内を調べた結果、爆発物のようなものは発見されておりませんがお客様の安全を第一に考えて、この後の公演を中止させていただきたいと思います。振替公演、払い戻しの件は、あらためて劇場サイトでご案内いたします」

ロビーのざわつきが大きくなる。わたしは隣の彼を見た。

彼は満足そうに頷いて電話の向こうの人に言った。

「仕事が終わったから、もうすぐ帰るよ」

劇場を出る人混みの中で、堀口さんの姿を探した。

さきほどツイッターにアクセスして、爆破予告の投稿時間を調べた。一幕目の休憩が終わった直後だった。

たしかツイッターは、予約投稿のようなこともできるはずだから、一概にアリバイがあるとかないとかは言えないが、少なくとも、二幕の開演がアナウンスされたときには、爆破予告は投稿されていなかったことになる。

なのに、彼は十五分遅れて二幕目が開演になることに驚いていた。

彼は、先ほど足早に劇場を出て行った。彼の目的は達成されたのだろうか。

階段を降りてくる堀口さんの姿を見て、心からほっとする。

「堀口さん!」

堀口さんはわたしを見て笑顔になった。

「ああ、岩居さん。安全のためとはいえ、せっかくの機会が台無しですね。でも、大丈夫だと思いますよ。前回の公演のときも、爆破予告がありましたが、爆発物は発見されていません。犯人は、予告をすることはできても、爆発物を仕掛ける知識はない」

「前回の公演って、白縫バレエ団の……?」

たしか劇場は違ったはずだ。

「ええ、それもありますが、その後もひとつあったんですよ。先月、演奏会がありまして、そのときにね。演奏会を中止して、劇場をくまなく探しましたが、なにも発見されなかった。だから、今回は、爆破予告の脅迫状が届いても、上演することになっていた。そうしたら、犯人は中止の案内がないことに業を煮やしたのか、ツイッターに投稿して、爆破予告があったことを大勢に知らせせようとした。なんとしてでも、公演を中止させたかったのか……」

堀口さんは独り言のようにつぶやいた。

「どれも、主催者も劇場も違うが、脅迫状はほぼ同じ文面らしいんですよ。なんのために……」

わたしは彼の話を遮った。

「あの、ひとつお聞きしていいですか」

「はい、なんでしょう」

「払い戻しって、どういうやり方で行われますか？」

堀口さんは少し考え込んだ。

「プレイガイドで買うと、コンビニなどで払い戻しができる場合もありますが、ここの劇場だと、振込先とチケットを送って、そのあと銀行口座に振り込まれるという形です」

思った通りだ。わたしは呼吸を整えて口を開いた。

「少し、気になった人がいるんです」


逮捕の知らせを聞いたのは、二週間後のことだった。

新聞やネットニュースに小さな記事が出て、テレビでも一分ほどのニュースになった。記事では動機についてはこう書かれていた。

所属していたオーケストラを解雇され、むしゃくしゃしていた。手当たり次第に脅追状を出した、と。

それ以上は彼が語らなかったのか、それともそこまで報道する理由もなかったのか。

ネットニュースでは、犯人の男性の写真が使われていた。

わたしが劇場で話をした彼だった。

わたしが気づいたから、彼が捕まったとは思わない。メールやツイッター、劇場での振る舞い。彼に絞り込む理由は他にもあるはずだ。

だが、わたしには彼の気持ちが少しだけわかる。

オーケストラを解雇され、仕事はない。母親は、自分のことを心配する。そのときに、劇場の名前や、バレエ団の名前での振り込みがあったら、それを母親に見せて、安心させることができる。

それは、みっともない見栄かもしれないけれど、そのことで少しだけ救われる気持ちだってあったはずだ。

もちろん、だからといって、関係ない人たちに被害を与えていいわけもなく、彼が罪を償《つぐな》うのは当然のことだ。

それでも、わたしは考える。

わたしと彼との間の距離は、たぶんそれほど遠いわけではないのだ、と。

第七章

「明日、帰りが遅くなるから」

夕食の食卓でそう言うと、母は少し驚いた顔になった。

「もちろんいいけど、またしのぶさんのバイト?」

母がそう言うのも無理はない。一週間前に、『カルメン』を観に行ったばかりだ。トラブルがあって、第二幕までしか観られなかったけれど。

本は読んだことがあったから、ストーリーは知っているし、帰ってからネットで無料動画を見つけて、第三幕を観た。それでも、やはり舞台で最後まで観られなかったことは残念だ。

古典だから、この先、オペラの『カルメン』が上演されることはあるだろうし、頑張ってお金を貯めれば安い席で観ることができるかもしれない。

だが、あの現代的な『カルメン』ではない。あの舞台を最後まで観たかった。

「ううん、明日は、山崎《やまざき》さんと会う約束しているから」

「あ、そう。じゃあ、明日、外で食べてきた方がいい？」

母はさらりとそう言った。

「今日と同じおかずでいいなら、明日の分はあるよ。もし帰って食べるならごはんだけタイマーで仕掛けておくけど」

「お願いします。この豚汁おいしいから連続でもいいわ」

今日は、具だくさんの豚汁と、小松菜のおひたし、プチトマトをバルサミコでマリネしたサラダだ。豚汁は、厚切りの豚バラ肉を使っているから、主菜として充分だ。

「山崎さん、ひさしぶりに名前聞くね。元気なの？」

山崎真緒《まお》はわたしの高校のときの同級生だ。彼女は専門学校に進んだけれど、年に何度か会って、おしゃべりをする。

彼女の仕事はアパレルの販売で、木曜日がお店の定休日だ。土日は休めないし、夜も遅いから、なかなか他の友達と予定が合わないらしい。

わたしにときどき声をかけてくれるのも、だからなのかもしれない。

「ワルサにもごはんやっておくから、気にせずゆっくりしてきなさいね」

「うん、ありがとう」

少し、胸が痛んだ。実は母に言っていないことがひとつある。

真緒との待ち合わせは、昼間なのだ。

わたしは明日、ひとつだけ冒険をする。


ワルサの散歩を終えると、わたしは普段着のパーカーとデニムパンツを脱いだ。

白いブラウスと、黒いサマーウールのワイドパンツに着替える。先日、香澄の買い物につきあったとき、思い切って買ったよそ行きだった。

もちろん、決して高いものではない。ふたつあわせて一万円を少し超えた程度だ。

それでも、わたしにとってはずいぶんひさしぶりの散財だった。

母に毎回、服を借りるのもなんだか悪いような気になってきたし、このペースでこの先も観劇が続くのなら、無駄にはならない。ちょうどサイズも合うものがあったし、思い切って、固く閉めていた財布を開いた。

口紅を塗って、髪をまとめた。ヘアクリップは百円ショップで買ったものだが、見た目はそこまで安っぽくない。

おしゃれをすると、少しだけ前向きになれる気がした。

念のため、真緒との待ち合わせ場所を確認して、それから歌舞伎座のサイトを見る。今月の演目と、上演時間が書かれている。『勧進帳《かんじんちょう》』が四時半からはじまる。そう。今日わたしは、はじめて自分のお金で歌舞伎を観に行く。

『勧進帳』は有名な演目だが、幕見席で観ればたった千円。真緒とは銀座でランチを食べ、その後ちょっとお茶をする予定だから、四時半には充分間に合うはずだ。

彼女は夕方から、彼氏と合流してデートだという。

うらやましい気持ちがないわけではない。だが、それは恋愛をしていることがうらやましいというよりも、彼女が誰にも恥ずかしくない日々を送っていることに対する羨望《せんぼう》だ。

正社員でいられて、決まった恋人もいる。高校のときは成績も同じくらいで、ずっと隣にいたのに、いつの間にか彼女との距離は遠く離れている。

高校のときは少しぽっちゃりしていた真緒なのに、少しずつ痩せて、最近ではモデルでもできそうなほどスリムになってきている。

わたしの方は太らないことが唯一の自慢だったのに、引きこもり生活で体重は増えていくばかりだ。

引け目はあっても、長いつきあいの友達と会えるのはうれしいし、その後、幕見席に行くのも楽しみだ。

おろしたての服のせいか、いつもより気分は晴れやかだ。

ワルサは、ケージの中で拗《す》ねたように丸くなっている。長めの散歩で疲れてもらったのだが、やはり留守番は苦手なのだろう。

わたしはケージに向かって声をかけた。

「帰ってきたら、たくさん遊ぼうね」

ワルサは、ぷしゅんと鼻を鳴らした。


中華料理店の奥、四人がけのテーブルで、真緒は先にきて待っていた。

「ごめん、待った？」

「ううん、今きたところ」

いつも、こんな会話をしている気がする。わたしも約束の時間に遅れているわけではないのだが、彼女はだいたい先にきて待っている。

昔から、彼女はしっかりしていて、責任感があった。わたしみたいに宿題をやるのを忘れてしまうようなこともなく、遅刻もほとんどしなかった。

真緒はメニューを広げた。

「ここ、飲茶《ヤムチャ》がおいしいらしいよ」

「へえ」

この店は真緒が選んでくれた。銀座と聞いて、高くないか心配していたが、ランチは手頃な値段だった。もちろん、自分ひとりなら千五百円のランチではなく、ドトールでホットドッグを食べる。

だが、この千五百円は友達と一緒の時間を、楽しく過ごすためでもある。

まあ、それでも三千五百円や四千円のコースしかないレストランに連れて行かれると、心臓がぎゅっと縮こまる。次に誘われても、少し躊躇してしまう。

お金がないことは、いつもお金のことを考えなくてはならないことだ。

働いているときは、友達と一緒に行くレストランの値段など気にならなかった。もちろん、何万円もするような店に連れて行かれたのなら別だが、さすがにそんなことは一度もない。

誰かに食事に誘われるたびに、「二千円以内におさまればいいな」とか考えなくてもよかったし、四千円のコースで身を切られるような気持ちにならなくてもよかった。

今は収入がないから、友達と会うときにさえ、お金のことばかり考えている。

わたしたちは、点心と中華粥《がゆ》のセットを頼んだ。

注文を終えると、真緒は物憂《ものう》げにスマートフォンを取り出した。

「最近、インスタグラムはじめたんだ。久澄はSNSやってないの?」

「一度アカウント取ったんだけど、ほとんどアップしてない。二、三枚だけ……」

香澄や、他の友達の写真を見るために、たまにアクセスするだけだ。

「うそ、アカウント教えて?」

真緒にアカウントを教えると、彼女はさっそくわたしをフォローした。わたしもリフォローする。

「えー、このチワワ、麻呂眉で可愛い。この子が久澄のワンコ?」

「わたしのというより、姉のだけどね。わたしはお世話係」

「へえー。でも散歩が大変なんじゃない?」

「まあ、わたしは家にいるから」

そんな会話だけで、少し息苦しくなる。真緒と、自分の境遇の差を考えてしまう。

それにしても、真緒はきれいになった。明るい茶色にカラーリングされた髪、きれいなネイルアートが施《ほどこ》された指。シャツとパンツはシンプルなデザインだが、生地とシルエットだけで高価なものであることがわかる。

真緒のインスタグラムのページには、彼女のチャーミングな自撮りや、友達との楽しげな食事会や飲み会などの写真がアップされていた。マンゴーがたっぷりのった台湾風のかき氷、彼氏とのツーショット、どれも構図のセンスが良くて素敵だ。

こんなふうに、誰かに見せたくなるような日常の一場面など、わたしには一切ない。ワルサは可愛いけど、あまり写真を撮られるのが好きではない。

今アップしている写真は寝顔と、おやつで釣ってなんとか撮った一枚だ。

ふと、スマホを持つ彼女の手に目がいった。真緒の指はいつも、すらっとして美しかったのに、記憶の中よりゴツゴツしているように見える。

アパレルブランドの販売員だから、洋服の入った重い段ボール箱を運ぶことも多いと聞いている。

指の角質も厚くなるのかもしれない。

点心と中華粥が運ばれてくる。海老餃子《ギョーザ》と翡翠《ひすい》餃子、そして小籠包《ショウロンポウ》がせいろに入っている。中華粥には、ピータンとパクチーが添えられている。とてもおいしそうだ。

「久澄は？　なにか今、ハマってるものあるの？」

「うーん、ハマってるかどうかはわからないけど、この後、歌舞伎を観に行こうかなと思ってる」

「えええーっ、歌舞伎？　なんで？」

思った通り、真緒は驚いたように目を見開いた。

「歌舞伎なんて、ものすごーく高いんじゃないの？　やだー。富裕層」

「富裕層じゃないって。それに、千円とか二千円で一幕だけ観られる席もあるんだよ。今日はそこで観るつもり」

「そうなの？　じゃあ映画くらいの感じかぁ……」

ジャスミン茶を茶器に注ぎながら、真緒は尋ねた。

「いったい、なにがきっかけで、歌舞伎にハマったの？」

「えーとね。祖母から、切符をもらったんだよね。わたしは家にいてヒマだから。それで月一くらい行くようになって……」

「出た」

真緒は顔をしかめた。そんな反応をされるとは思わなかった。

「出たってなにが？」

「久澄って、なんのかんの言っても、いいとこのお嬢さんだよね」

「ええーっ！」

今度はこっちが驚く番だ。そんなこと思ったことない。

「そんなことないよ！　普通だよ。普通」

「普通のお祖母《ばあ》さんは、歌舞伎の切符をくれたりしません」

たしかに、そう言われればそうかもしれない。しのぶさんはちょっと特別だ。

「まあ、その祖母はたしかにお花の先生だし、上品な感じだけど、そもそも父方だし、父親と母親はもう離婚して長いからなあ……」

しのぶさんは富裕層かもしれないけど、うちが富裕層かと言われると違う気がする。

「お姉さん、医大じゃない」

「国立だよ」

「国立でもお金はかかるよ。そこそこお金がないと行けないと思う」

「うーん」

考え込んでしまう。うちがお金持ちかと言われると絶対に違うと思う。

だが、家は持ち家で、母は理系の専門職で、姉は医者だ。謙遜としてでも、「うちは貧困家庭だ」とは絶対に言えない。

ただ、わたし自身は、働いていないし、お金もない。母と姉に見捨てられたら、即座に路頭に迷ってしまう。わたし自身は貧困なのではないだろうか。

真緒は念を押すように言った。

「久澄はいいとこのお嬢さんだよ。でないと歌舞伎なんか好きにならないでしょ。文化的資本ってやつだよ」

「でも、これまでは全然観たことなかったし、母も姉も全然興味ないよ」

そう言いながら、思った。しのぶさんが今、チケットをくれること自体が、文化的資本だと言われてしまえば、反論できない。

ただ、いいところのお嬢さんとか、富裕層とか言われるのは、なんだか不快だった。褒め言葉のように聞こえるけど、真緒の口調には皮肉っぽさが混じっていた。

現に今、お金がないのに、歌舞伎の切符をもらっただけでそんな皮肉を言われるのは納得できない。

「うちは別に普通の家だよ。祖母の家はちょっとお金持ちかもしれないけど、父とは縁が切れてるから、家族というわけでもないし」

「でも、そのお祖母さんが亡くなったら、遺産が入ってきたりするかもよ」

これは、アウトだ。いくら友達だとしても、言っていいことと悪いことがある。

「やめてよ。そういうの。それにうちは関係ない」

きつめの口調になっていることには気づいていた。真緒はあきらかにむっとした顔になった。

「でもさ、歌舞伎が好きって言っても、そんなのただの虚構でしょ。富裕層の暇つぶしだよ」

よくない兆候だ。売り言葉に買い言葉みたいになっている。だが、わたしも止まらない。気を遣わない関係だけに、自分を抑えることができない。

「別に富裕層じゃなくても、自分の楽しみを見つけてなにが悪いの？」

「でも、それを観たって久澄の人生はなにも変わらないでしょ。久澄の人生は、どこにあるの？」

いきなり投げつけられたことばに、絶句する。

「恋は？　仕事は？　夢は？　久澄はちゃんと自分の人生に向き合ってるの？」

わたしは小さく口を開けて、そして閉じた。それ以上、なにも言えなかった。

そう、わたしの人生にはなにもない。

本や映画では、いつもこんな台詞に遭遇する。

愛がなければ生きている意味はない。愛こそが生きる意味だ。愛のない人生など、寂しいものはない。

それを聞くたびに、いつも思う。

わたしはひとりで生きていてはいけないのだろうか。

誰かと対《つい》にならなければ、わたしの人生は不完全なのだろうか。なんの価値もないのだろうか。

もちろん、これまで好きになった人はいるし、この先、一切恋愛をしないと決めたわけではない。

だが、どうしても頑張って、相手を見つけたいという気持ちにはならない。結婚の先に幸せが待っているとは、少しも信じられない。母は離婚してからの方が充実した顔をしているし、わたしも父と縁が切れて、ほっとしているほどだ。

もし、この先、わたしが誰かを好きになっても、その人がわたしを選んでくれなければ、わたしの人生は寂しいものなのだろうか。

そう考えると、胸が締め付けられるような気持ちになる。

そんなことはない。わたしは今生きているし、誰かにわたしの人生をジャッジされるなんておかしい。

だが、同じようなことを言うのは、真緒だけではない。

「ちゃんと働かないと、社会人失格だよ」

そう言った従姉妹《いとこ》がいた。わたしは社会の片隅で存在しているのに、社会人ではないのだろうか。

ぺらぺらの紙切れみたいだ。わたしはなんの役にも立っていないし、誰かとかけがえのない関係を築いているわけでもない。

結局、真緒とはその後もどこかぎくしゃくして、お茶も飲まずに別れてしまった。ためいきが出る。まだ二時過ぎだから、『勧進帳』まで二時間以上も時間が余ってしまった。

一度、家に帰れるほど時間があるわけでもなく、かといって、ドトールで潰すのには長い。

昔なら、三越や松屋を見て回っていたかもしれないけれど、今はそんな気分になれない。絶対に手に入らない美しいものを見たら、きっとよけいに落ち込んでしまう。ユニクロならば、少しは買えるものが見つかるかもしれないが、なにか目的がないときは、店に入らないようにしている。

気晴らしに必要のないものを買って、後で後悔するのも嫌だった。

今日は、歌舞伎を観るのを諦めて、もう家に帰ってしまおうか。そう考えたとき、気づいた。

歌舞伎は昼の部もやっているから、幕見席もあるはずだ。立ち止まって、携帯電話で調べる。『仮名手本忠臣蔵《かなでほんちゅうしんぐら》六段目』という演目にぎりぎり間に合いそうだ。

忠臣蔵というからには、大石内蔵助《おおいしくらのすけ》と赤穂浪士《あこうろうし》の討ち入りだろう。『勧進帳』と同じく、歌舞伎の有名な演目だ。いずれ観たいと思っていた。

千五百円は少し痛いが、銀座の洒落たカフェでケーキでも食べるとそのくらいかかるはずだ。真緒とお茶を飲まなかった代わりに、観てもいいかもしれない。

真緒のことばを思い出して、胸がちくりと痛む。

夢中になったって、しょせん虚構だ。わたしの人生はなにも変わらない。

けれど、このまま家に帰って泣いていたって、なにも変わらないのは同じだし、それならば観たいものを観たい。

明日地球が終わってしまう可能性だってゼロじゃない。

わたしは早足で歩き始めた。

歌舞伎座の前にきて、驚いた。

幕見席の入り口の横に、長いすが置いてあって、そこで座って待っている人たちがたくさんいる。本を読んだり、タブレットでゲームをしたり、皆、思い思いに時間を潰している。

『仮名手本忠臣蔵』はもうすぐはじまるはずなのに、この人たちはなにをしているのだろう。

わたしは幕見席の入り口から入って、切符販売の窓口をのぞいた。

「あの……『仮名手本忠臣蔵』の……」

受付の女性はわたしを見て言った。

「その幕は売り切れました」

「は……？」

まったくそんなことは想定していなかった。

平日の午後なのに、売り切れなんてことがあるのだろうか。映画を見に行っても、滅多に売り切れなんてことはない。

はっとする。もしかすると、『勧進帳』も売り切れてしまっているのだろうか。

「あの、『勧進帳』は……？」

「夜の部は、あと二十分で発売しますので、そこの列に並んでください」

どうやら、先ほどの長いすで待っていた人たちは、『勧進帳』の切符を買う人たちのようだ。

こんなに人気があるとは思っていなかった。ぎりぎりに到着したら、買えなかったかもしれない。

列の最後尾につくために、長いすに沿って歩く。三十人近い人が並んでいる。

「岩居さん？」

声をかけられてはっとした。列の中程に堀口さんがいた。

「先日は、『カルメン』、残念でしたね」

いつもの柔らかな笑顔で、わたしに話しかける。

「ええ、最後まで観たかったです」

チケット代は三分の一、払い戻しをしてもらえるということで手続きを済ませている。しのぶさんに報告すると、「あなたにあげたチケットなのだから別に返さなくてもいいわ」と言われた。こういうとき、無理に返すと、しのぶさんが不機嫌になることも知っている。入金されたら、それでおいしいお菓子でも買って送ろうと思っている。

堀口さんはわたしに尋ねた。

「幕見席にいらっしゃるのですか？」

「はい、そうです。ちょうど銀座に用があったので……」

堀口さんの後ろの人が、気を遣ったのか列を空けてくれる。間に割り込むようで気が進まないが、堀口さんとは話をしたい。

迷っていると、堀口さんが長いすから立ち上がった。

「わたしが最後尾に行きましょう」

ふたりで列のいちばん後ろに並んだ。

「すみません。後ろの方になってしまって」

堀口さんは帽子をかぶり直して微笑んだ。

「いえいえ、この人数だと、まだ充分座れますから大丈夫ですよ。席の善《よ》し悪《あ》しは気になりませんが、ちょっとこの年になると立ち見はきつい」

「立ち見もあるんですか？」

「はい。座席が九十。それ以上になると立ち見になります」

シネコンのいちばん小さいシアターくらいだろうか。

そのくらいしかないのなら、売り切れてしまっても仕方がない。

だが、ここに並んでいる人たちは、並んでも歌舞伎が観たい人たちだ。真緒が言うような、富裕層の暇つぶしなどというものではない。

堀口さんは、周囲を見回して声をひそめた。

「先日の、爆破予告の件、ニュースを見ましたか？」

わたしは頷いた。

逮捕されたのは、やはりわたしと話をしたオーボエ奏者の人だった。これまでの爆破予告もすべて彼だったという。

ニュースでは、オーケストラに解雇されたことを恨みに思って犯行に及んだと報道されていた。わたしはそれを信じていない。動機の一部かもしれないが、すべてではない。

「よく気づかれましたね。岩居さんがいなかったら、今も彼は捕まっていなかったかもしれない」

「たまたまおしゃべりをして気づいたんです。偶然です」

褒められたのが照れくさくて、そう言った。

わたしが気づいたのは、彼とわたしが背中合わせだからだ。もし、わたしが引きこもりでなかったら、彼を疑わなかったかもしれない。

嘘をつきたい気持ちも、見栄を張りたい気持ちも、親を安心させたい気持ちも、全部わたしの中にある。

それをしない理由はひとつ。嘘をついてしまえば、その先ずっと嘘をつき続けなければならないからだ。

嘘をつくのは簡単でも、嘘をつき続けることは難しい。彼は嘘をつき続けようとして、戻れない場所まで行ってしまった。

列が動きはじめる。切符の販売が開始されたらしい。

切符を買った後、堀口さんは「じゃあ、また後ほど」とお辞儀をして、足早に立ち去ってしまった。

少し寂しいような気持ちで見送る。堀口さんと話したことで、少し気分は上向きになっていた。先ほど、歌舞伎座の裏手に、歌舞伎座ギャラリーがあることを教えてもらったので、そちらに行くことにする。

エレベーターに乗り込んで、五階で降りる。売店の横を通ってまっすぐ歩いて行くと、ギャラリーの入り口を見つけた。チケットは六百円で、しかも、当日の切符を持っていると、百円割引してくれるという。

　ギャラリーには衣装や、小道具などが展示されていた。歌舞伎の舞台で使う馬にも乗ることができる。衣装をしげしげと眺めたり、上映されている映像を観たりしているうちに、開場時間が近づいてきた。

　急いで、劇場入り口へ戻る。

　エレベーターで四階まで上がる。イヤフォンガイドを借りようか、筋書を買おうか迷った後、筋書を買うことにする。

　なんの解説もない状態ではまだ不安だし、どちらかを選ぶのなら、後に残る筋書の方がいい。

　筋書を熟読していると、堀口さんが少し遅れて客席にやってきた。

　目が合うと、彼は会釈をして近づいてきた。

「隣、よろしいですか？」

「もちろんです！」

　堀口さんに教えてもらわなければ、幕見席の存在すら知らなかった。彼は目を細めて笑うと、わたしの隣に座った。

　そういえば、並んで舞台を観るのは、はじめて会ったとき以来かもしれない。

不思議だった。堀口さんと一緒に過ごすのは、少しも気詰まりではないし、とても楽しい。

どちらかというと、男性は苦手だった。父のせいでもあるし、働いていたときの先輩のせいでもある。中学生のとき、電車でわたしのスカートをたくし上げ、下着の中に手を突っ込んできた、父親くらいの年齢の男性のせいでもある。

もちろん、すべての男性がそんな人ではないことはわかっている。だが、垢抜けない容姿と、おどおどとしたふるまいのせいか、小馬鹿にしたような扱いを受けることが多かった。

その人がいい人だとわかるまでは、どうしても警戒してしまうし、いい人だとわかっても、一緒にいて楽しいと感じるまでには、ひどく長い距離がある。

堀口さんに対して、あまり警戒せずにいられるのは、彼がわたしのことを尊重してくれるからからかもしれない。

彼は、わたしの顔をのぞきこんで尋ねた。

「『勧進帳』はごらんになったことがありますか？」

わたしは首を横に振る。

「はじめてです」

物語はなんとなく知っている。源義経は兄、頼朝と決裂し、頼朝の追っ手から逃れるために、奥州の藤原秀衡《ひでひら》の元へ向かっている。

だが、関所の番人に義経だとばれそうになり、弁慶が嘘の勧進帳を読み上げたり、義経を棒で打擲《ちょうちゃく》したりして、切り抜けるのだ。

筋書に書いてあったが、その関所の役人は、富樫《とがし》という名前で、弁慶と並んで歌舞伎の大きな役のひとつらしい。

「『勧進帳』だけ？　この後の演目はご覧にならないのですか？」

わたしは頷いた。堀口さんは通し券という、夜の部が全部観られる切符を買っていた。

わたしも全部観たいが、あまりお金は使えない。友達と食事をして、『勧進帳』一幕を観るだけで、充分すぎるほどの贅沢《ぜいたく》だ。真緒との食事は、さんざんな結果に終わってしまったけれど。

わたしは息を吸い込むと、思い切って言った。

「わたし、はじめて自分で切符を買って、歌舞伎を観るんです」

笑われるかもしれないという思いと、笑われてもいいような気分、そして堀口さんは笑わないだろうという確信、その三つが入り交じっている。

「そうですか。それは記念すべき日ですね。自分で切符を買って観る舞台は格別ですよ」

堀口さんは頷いてそう言った。それから尋ねる。

「これまでは招待券だったのですか？」

「祖母の代わりです。わたしは無職なので、高い切符なんて買えないです。だから今回は本当に一幕だけ」

少し破れかぶれのようにそう言った。

「今はいろいろ厳しい状況ですね。長時間労働が当たり前になってしまっているし、再就職もなかなか難しい。特に女性にはいろんな壁があるでしょう」

堀口さんはお説教めいたことはひとことも言わなかった。わたしはそのことにほっとしながらも、言い訳のように続けた。

「身体を壊してしまって……」

本当は壊れたのは、身体でなく心だ。だが、心も身体の一部と言っていいのではないだろうか。

「それは大変ですね」

優しい言葉をかけてもらって、胸が熱くなる。思い切って、愚痴《ぐち》りたい気分になった。

「でも、友達からは、わたしの人生はどこにあるのって聞かれてしまいました。恋愛もしていないし、仕事もない。誰かに必要とされているわけでもない。本当に、わたしの人生はどこにもない」

「ここにいることが人生ですよ」

堀口さんはそう言った後、少し首を傾げた。

「もしかすると、そのお友達が、誰かにそう言われているのかもしれませんね」

「え……？」

彼はまるでなにかを企んでいる子供のような顔で微笑んだ。

「ひとつ覚えておくといいですよ。誰かがあなたを責めようとして発することばは、自分がいちばん言われたくないことばですよ」

わたしは口を開けたまま、堀口さんを見た。

「だから、あなたが傷つく必要はない。傷ついているのは、そのお友達です」

そんなことを考えたことはなかった。

ちょうど、拍子木の音が響き渡った。定式幕が開く。

『勧進帳』がはじまる。

第八章

笛の音色が響く。

緞帳《どんちょう》が開くと、白木の板張りの舞台が現れた。大きな松の木が一本描かれた背景に、裃をつけた伴奏の人がずらりと並んでいる。

この様式の舞台は、前にも観たことがある。いちばん初めに歌舞伎座に足を踏み入れたときの『身替座禅』だ。

『身替座禅』は、狂言を元にしたコミカルな演目だが、『勧進帳』は能を元にしている。狂言も能も、能舞台で演じられるものだから、この白木の舞台は能舞台を表現しているのだろう。

これまで、一階席で観ていたせいか、舞台が遠く感じられる。隣に座った女性はオペラグラスで舞台を観ていた。

そういえば、母がオペラグラスを持っていたような気がする。今度、幕見席にくるときには借りてきた方がいいかもしれない。

舞台に、烏帽子《えぼし》をつけ、浅葱色《あさぎいろ》の衣装を着た役者が登場する。すらりと背が高く、堂々としている。たぶん、わたしの父よりも年上で、堀口さんに近いほどの年齢だと思うが、纏《まと》っている空気は澄んでいて若々しい。

彼が関所を守る役人、富樫左衛門《さえもん》だ。

朗々と良く響く声で、彼は語る。

義経一行が山伏に変装して、奥州へ向かおうとしている。関所を絶対に通すなというのが、鎌倉、つまり頼朝の命令だ。少しでも怪しい山伏がいれば、縄をかけて、頼朝の元に送り返す。そう、自分の部下に言いつけている。

ことばは堅苦しく、難しい単語も出てくるが、意味ははっきりわかる。

この役者の声がよく響くこともわかりやすい理由かもしれない。

伴奏は長唄だろうか。同じように裃を着けて並んでいても、浄瑠璃と長唄は全然違う。他に、常磐津《ときわず》や清元《きよもと》などという種類の音楽があると聞いたが、その区別まではわからない。

二階から大きな拍手が起こった。舞台の上にはなんの変化もない。少し考えて気づいた。

幕見席からは花道が見えないのだ。

たぶん、花道に役者たちが出てきているのだろう。

残念な気はするが、そもそも一等の一万八千円と、幕見席ではまったく値段が違う。多少見えにくいのは、仕方がない。

台詞が聞こえた。その内容で理解する。

花道にいるのは、義経一行だ。

義経が、どこに行っても頼朝の手が回っていて、とても奥州へは辿り着けないと語っている。それを聞いた家臣たちが、力尽くで関所を破ると息巻く。

弁慶がはやる家臣たちを止め、自分がうまく切り抜けるから、自分にまかせてくれと言っているようだ。

義経が言う。

「弁慶、よきにはからえ」

それを合図に義経一行が、花道から舞台へ登場する。

義経役の人はすぐにわかった。歌舞伎をはじめて観たとき、『摂州合邦辻』の玉手御前を演じていた美しい女形だ。

女形は、女性しか演じないわけではないらしい。

紫の衣装を着た義経は、他の家臣たちと違い、女形のように白粉を塗り、紅を差している。美少年であるという表現なのだろうが、実際、見とれてしまうほど美しい。

弁慶も、よく絵などで描かれている弁慶の姿だからよくわかる。

富樫を演じている役者よりは少し小柄だが、それでも舞台上では大きく見える。

彼らは何食わぬ顔で、関所を通ろうとして、当然呼び止められる。

頼朝の命令で、山伏は通すことができないと言われると、弁慶は自分たちは本当の山伏だから問題ないと、しらを切る。

それでも、通してもらえないことを知ると、義経一行は、輪になって経を唱えはじめた。目的が果たせないのなら、ここで潔《いさぎよ》く死ぬと言い出す。

そこに富樫が割って入る。

もし、本当の山伏ならば、勧進帳を持っているはずだと言うのだ。勧進というのは寺院などを建てるために、寄付を集めることだというのは、昨日調べた。

勧進帳というのは、寄付を募る目的などを書いた巻物で、勧進を募る僧は必ず持っているものらしい。

弁慶は、巻物を広げて、勧進帳を読み上げはじめる。

これまでも難しい単語はあったが、勧進帳の中のことばについては、さっぱりわからない。だが、たぶんその内容までは理解しなくてもいいような気がする。

意味のわからないことばなのに、聞いているのが心地いいような気がするのはなぜだろう。

そこに、富樫が後ろからゆっくりと近づく。弁慶ははっとそれに気づいて、勧進帳を隠す。

その動きを見てようやく気づいた。

弁慶は、本物の山伏ではなく、勧進もしていない。つまりは勧進帳も持っていないのだ。

別の巻物を手に、勧進帳を読み上げているふりをしているだけだ。

富樫はそれに気づいたのか、気づいていないのか。たぶん、観客にはまだわからない。

次に富樫は、弁慶に問答を持ちかけた。

ここも難しくて、なにを言っているかわかりにくいが、山伏の衣装の意味などを問うているようだ。つまり、仏教に関する知識を試しているのだ。

弁慶はすらすらとそれに答える。意味はわからないが、丁々発止のやりとりであることは理解できる。

役者たちの熱、そしてなにより、富樫と弁慶がお互い、フェアであろうとしていることが、知識の少ないわたしにも伝わってくる。

胸がきゅっと痛くなる。さきほどの真緒との口論を思い出してしまった。

フェアでもなんでもない。互いを傷つけるためだけに口論をしたようなものだった。

こんなことで友達でなくなってしまうのは悲しい。ずっと長く繋がってきたのに。

真緒のことは好きだ。

今日の中華料理店だって、それほど高くなくて、おいしい店をわざわざ探してくれたのだろう。友達の中には、わたしが無職だろうと気にせずに、値段の高いレストランに行きたがる人もいる。

わたし自身が、もっと安くておいしいレストランを探して、「ここに行こう」と積極的に誘えればいいのだが、どうも引け目があって「みんなの行きたいところでいいよ」と言ってしまう。

そのくせ、後で不満に思うのは自分勝手だ。そのことはよくわかっている。

ただ、心がざわついて、いろいろ考えてしまうことをやめられないのだ。

真緒と会ったときは、そんな気持ちになることは少なくて、だから彼女との食事を楽しみにしていた。

ふいに思い出した。

わたしが入学した高校は、公立の進学校だった。地元の中学からそこに進んだ子は少なく、一年のときのクラスで、わたしは一緒に過ごす友達をなかなか見つけることができなかった。

離れてぽつんとお弁当を食べていたわたしに、真緒が声をかけてくれたのだ。「こっちにおいでよ」と。

彼女には他に仲のいい友達が何人もいた。なのに、急激に仲良くなったのは、わたしが両親が離婚したことを告白してからだ。真緒の両親も、彼女が小学生のときに離婚していた。

ふたりで父親の悪口を何時間でも言い続けた。父のことが嫌いだったと、はっきりと自覚できたのも、真緒と仲良くなったからだ。

両親の仲がいいとわかっている友達の前では、そんなことは言えなかったし、母も香澄もあまり父の悪口を言う方ではない。だから嫌だったことや、つらかったことを呑み込まなければならないと思っていた。彼女と会ってから、自由になれたのだ。

うっすらと涙が浮かんだ。

彼女の代わりなんていないと思っていたし、大人になって、たまにしか会えなくなっても、心の大事な部分では繋がっていられると思っていた。

そんな彼女に、ひどいことばを投げつけられたことが、つらかった。

舞台の上では、弁慶が富樫を納得させ、関所を通ってもよいという許可をもらっていた。

そのとき、番卒の一人が富樫にかけよって、なにかを訴える。

穏やかだった空気がはっきりと変わった。

富樫が一行を鋭い語調で呼び止める。深く笠をかぶった強力《ごうりき》が、義経にそっくりだというのだ。

もちろん、そこにいるのは義経本人だ。弁慶がなおも言いくるめようとするが、今度は富樫も譲らない。

もうこうなったからには、と、義経の家臣たちも刀に手をかける。弁慶は家臣たちを必死で抑え込もうとする。

この先は有名な場面だから、わたしもよく知っている。

弁慶が義経を滅多打ちにするのだ。

今の時代とは比べものにならないほど、身分制度が厳しかった時代の話だ。家来が主人を打擲するのは、決して許されない行為だったはずだ。

今、部下がキレて、上司を殴るのとはわけが違う。

もちろん、これは史実ではなく、後世で作られたフィクションだ。義経は実在の人物でも、武蔵坊弁慶は実在の人物かどうかはわからない。

それでも、この物語が誰かの心を震わせたからこそ、能になり、歌舞伎になって、今の時代まで演じられているのではないだろうか。

弁慶は、激怒したふりをして、金剛杖で義経を打ち据える。

舞台であろうと、あまり暴力的な場面は見たくないと思っていたが、打擲は舞踊のように非現実的で、そのことにほっとする。

この時点でも、富樫が本当に騙されているのか、わかっていて騙されているのかをはっきりと示す証拠はないように思う。

だが、もし富樫が本当に弁慶の言うことを鵜呑みにしているのなら、こんな描き方はされないような気がする。騙されて関所を通すならば、主役は弁慶や義経一行になるだろう。『勧進帳』の富樫は、もうひとりの主役と言えるほどの役だ。

富樫は、義経を打擲する弁慶を止め、疑ったことを詫び、義経一行を通す。

関所を無事に通りぬけると、弁慶は義経に手をついて涙を流して詫びた。

義経は、弁慶に手を伸ばして、感謝を示す。

ふいに、耳の奥で誰かの声がしたような気がした。

（誰にも言わないで……）

真緒の声だ、と気づく。彼女が、昔、わたしにそう言ったのだ。

記憶の引き出しを掻き回す。

頭に浮かぶ彼女は、髪を編み込んでいて、高校の制服を着ている。

（誰にも言わないで。今のことは忘れて）

（でも、大丈夫なの？　心配だよ）

そう言っているのはわたしだ。同じ制服を着ているところまで頭に浮かぶ。

場所は高校の女子トイレだ。いったいなにを話しているのだろう。

（大丈夫だから。今だけだから。すぐにやめるから……）

だから、忘れて。真緒が泣きそうな顔でそう言いつのるから、わたしは忘れることにしたのだ。

なにを。そう自分に問いかけた瞬間に記憶の扉が開いた。

彼女がトイレで、嘔吐《おうと》していることを。

身体が震えた。一度開いた扉から、忘れていたものがあふれ出す。

自分がふっくらしていることを恥ずかしがって、真緒はダイエットをはじめた。だが、彼女の母親は、彼女が食事を減らすことに反対していた。まだ高校生なのにダイエットなど必要ないと言うらしく、食事も減らしてくれないし、揚げ物なども食卓に並ぶと嘆いていた。

はじめのうち、真緒はお弁当を半分捨てたりしていた。だが、まだ成長期だからお腹は空く。わたしだって、食欲に取り憑《つ》かれたように、おやつにパンを何枚も食べたりしていた。

そのうち彼女は弁当を捨てるのをやめ、ちゃんと食べるようになった。お弁当の後に菓子パンを買ってきて、食べている日もあった。

ダイエットをやめたのかと思ったが、彼女はぐんぐん痩せていく。なぜか、食べる量が増えているのに、痩せていくのだ。

毎日放課後にジョギングしている。彼女がそう言うから、わたしは疑わなかった。

痩せて、顔色が悪くなり、貧血でよく倒れるようになった。ある日、同じクラスの酒井《さかい》さんがわたしに囁《ささや》いた。

(山崎さん、お弁当の後、トイレで吐いてるよ)

信じられなかった。だが、たしかに真緒はお弁当を食べ終えると、トイレに向かっていた。そして帰ってきて、あんパンやポテトチップスを食べ、またトイレに行く。

酒井さんの密告を、わたしは信じた。信じるしかなかった。それでなにもかも説明できる。

前より食べているのに痩せていくことも。運動をしているというのに、どんどん不健康になっていくことも。

ある日、わたしは真緒がトイレに行くのを待って、そっと彼女の後をつけた。個室に入った彼女がなにをしているのか、耳をすませる。水を流す音だけが聞こえて、嘔吐するような音は聞こえなかった。

酒井さんの勘違いかもしれない。そう思って、立ち去ろうとしたとき個室の扉が開いた。

真緒はうっすらと涙を浮かべていた。わたしの顔を見て青ざめた。

(誰にも言わないで)

ああ、やはり本当だったのだ。そう思いながらわたしは口を開く。

(でも、大丈夫なの? 心配だよ)

(大丈夫だから。今だけだから。すぐにやめるから……)

(身体に悪いよ)

(もう少しで目標体重だから、それでやめる。だから大丈夫)

そのことばはわたしにとっても救いだった。真緒の願いを聞いて、わたしは誰にも言わなかった。彼女の信頼こそがいちばん大事だと思ったのだ。

だが、食べて吐くことをやめてしまうと、彼女はまた太りはじめた。前よりもずっと。

嘔吐ダイエットをすると、食欲が壊れてしまうのだと、酒井さんがわたしに教えてくれた。彼女自身も、中学生のとき、それに取り憑かれたことで、いまだにメンタルクリニックに通っているのだと言っていた。

当時のわたしはわからなかったし、今だって本当のところはわからない。

あのとき、真緒の「誰にも言わないで」という願いを受け入れてしまったことが正しいのか。教師や、彼女の母親か、もしくはせめて自分の母親にでも相談していれば、彼女をもっと早く救えたのか。

だが、海で溺《おぼ》れている人が、いくら自分で「大丈夫だ」と言っても、わたしは助けを呼ぶだろうし、交通事故に遭って、血を流している人が「大丈夫」と言っても、簡単に信じることはないだろう。

なのに、なぜあのとき、彼女のことばを信じてしまったのか。

一方で、こうも思うのだ。

もし、わたしが誰かに話していれば、真緒はわたしを絶対に許さなかったかもしれない、と。

　選ばなかった方の未来は、どうやっても見ることはできない。後悔はしているが、違う道を選んだって、やはり後悔することになるのかもしれない。

そんな苦い悔恨からか、わたしはこの出来事を心の奥底に押し込んでしまった。

健康的にふっくらとしていた真緒の顔だけを記憶に残して。


　忘れていたことが、いくつもいくつも浮かび上がってくる。

記憶はまるで数珠《じゅず》つなぎだ。なにもかも忘れたつもりになっていても、ひとつ思い出せば別の場面が蘇ってくる。

　高校生の頃のわたしは、いくら食べても痩せっぽちのままだった。

　メリハリがない体型だし、背も高いわけではないし、スタイルがいいとはとても言えないが、一方で痩せていることは、たしかに優越感をくすぐられる部分だった。

　高校生にもなれば、痩せたいと言う同級生はたくさんいた。多くの人が欲しがっているものを、自分は努力などせずに手に入れられる。

飛び抜けて優秀なわけではなく、美人でもなく、優しくて、デキる姉に少しコンプレックスを抱きながら育ったわたしには、数少ない自慢だった。

もちろん、そんなことを自慢するわけにはいかないから、わたしはいつもこう言っていた。

「もう少し、太りたい」と。

それは四十パーセントくらいは本当で、完全な嘘というわけではない。胸や腰などに、ピンポイントで少しだけ脂肪がつけば、ただ痩せているよりもスタイルがよく見えるはずだから。

だが、そう言うと、たいていこんな返事がかえってくる。

「贅沢、うらやましいよ」とか、「そんなこと言ってみたい」とか。

六十パーセントくらいは、そう言われることがうれしかったのだ。

真緒はわたしがそう言うたび、どう思ったのだろう。心を壊してまで、痩せたかった彼女は。

「富裕層」とか「いいとこのお嬢さん」と言われたことに腹を立てて、彼女にはわたしの苦しさなんてわからないと思ったけど、わたしだって、気づかずに彼女の気持ちを踏みつけてきた。

よく考えれば、彼女の言ったことも、決して的外れというわけではないのだ。わたしが家で引きこもっていられるのも、母や姉の収入が安定していて、わたしが働かなくても、家族が困ることがないからだ。

高校のとき、真緒から何度も聞いた。

真緒の母親は、離婚した後、パートを掛け持ちして、真緒を育てるため、必死に働いていた。そのときは、「大変だなあ」と、軽く考えていただけだった。

真緒にはずっと、わたしが「いいとこのお嬢さん」に見えていたのかもしれない。

彼女の母はその後、乳がんを患《わずら》った。早期発見で、今はもう普通に生活できていると聞いているが、昔のような働き方をすることはもうできないだろう。

真緒が家族を支えなくてはならないはずだ。

彼女から見れば、家族に守られて、働かずにいられるわたしは恵まれているように見えるだろうし、実際、恵まれているのだろう。

わたしも彼女も同じなのかもしれない。

自分の手の中にあるものは、当たり前で別に羨《うらや》ましがられるようなものではないと考えているのに、相手が持っているものだけ、輝いて見えて、羨ましがらずにはいられないのだ。

る。

『勧進帳』の幕が閉まると同時に、わたしは席を立った。

堀口さんに挨拶をして、歌舞伎座を飛び出す。携帯電話で、真緒にメッセージを送る。

「さっきはごめん。今どこにいるの？　五分だけでいいから話できないかな」

彼女がデートの最中だと言うことは知っていた。だが、一言だけ伝えたいのだ。携帯のメッセージでは伝わらないような気がする。会って、目を見て話したい。

しばらく待ったが、返事はない。既読にすらならない。

きっと、デートを楽しんでいて、携帯電話に目をやることもないのだろう。だったら仕方ない。メッセージで伝えて帰ろう。

文章を打ち込みかけて気づいた。彼女は行った店の写真を、店名をはっきり書いて載せていた。

さきほどの中華料理店での点心の写真も、撮ると同時にアップロードしていた。今いる店の写真もすでにネットに上げられているかもしれない。

インスタグラムのアプリを立ち上げると、男女数人がビールのグラスで乾杯している写真がアップされていた。

店名を検索すると、銀座のピッツェリアだ。ほっとすると同時に、不思議に思う。デートではなかったのだろうか。

写っている男性のひとりが、真緒の彼氏だということは知っている。以前、写真を見せてもらった。

写真に添えられている文章を読むと、こう書かれている。

「彼の友達と一緒に遊んでます。盛り上がってるよ！」

デートだったはずなのに、彼の友達と合流することになったのだろうか。わたしならば、きっと不機嫌になってしまう。なのに真緒は笑っている。

胸がぎゅっと痛くなった。その笑顔は誰のためなのだろう。

知っている。思うようにいかなくても笑っている方がいい。まわりの人にとっても、自分にとっても。でも、呑み込んだやるせなさはいったいどこに行くのだろう。

ピッツェリアに向かって、わたしは早足で歩き出した。

呑み込む方がきっと楽なのだ。楽しいふりをして、傷ついていないふりをして。だが、そうやって、抑えつけた自分の感情は、いつか小さな猛獣になる。

わたしの猛獣は、わたし自身を食い荒らした。

これは、わたしの勝手な投影だ。それは理解している。

真緒は嫌な気持ちを呑み込んでいるわけではなく、本当に楽しんでいるのかもしれない。

だが、液晶画面に並ぶ写真から、彼女の作り笑いが見えるような気がするのだ。

ほら、こんなに楽しい毎日を過ごしている。こんなに友達がたくさんいて、彼氏もいて、誰にも恥ずかしくない、責められない人生をわたしは送っている。

(久澄の人生はどこにあるの?)

そうわたしに問いかけた真緒の顔を思い出す。

堀口さんは言った。人を責めることばは、自分がいちばん言われたくないことばだと。

真緒は全力で訴えているのだろうか。

わたしの人生はここにある。自分はなにからも逃げていない、と。

でも、それは誰に見せるためのものなのだろうか。

偽の勧進帳なら、目の前の富樫を欺くために、読み上げられた。富樫は騙されたふりをしてくれた。

だけど、自分の心を騙すことは絶対にできない。

ピッツェリアは、雑居ビルの二階にあった。わたしは階段を駆け上がる。

重い玄関ドアを開け、やってきた従業員に「友達を探しているんですが、フロアを見せてもらっていいですか？」と尋ねる。

どうぞと言われたので、店内を見回す。奥の席に、真緒と一緒に写っていた男女がいるのが見えた。ひときわ大きな声で、喋り、笑っている。

だが、そのテーブルに真緒の姿はなかった。

わたしはおそるおそるテーブルに近づいた。男性が怪訝《けげん》そうにこちらを見る。

真緒の彼氏だ。

「あの……わたし、山崎さんの友達なんですけど、ちょっとだけ彼女に伝えなくてはならないことが……」

彼は白い歯を見せて笑った。

「ああ、真緒？　さっきトイレ行ったけど、まだ戻ってないなあ。そこに座って待っていいよ」

わたしはあわてて、両手を振った。

「あ、ほんのちょっと話すだけなんで、お手洗いのぞいてみますね」

従業員にトイレの場所を尋ね、そちらに向かう。

深呼吸して、女性用トイレのドアを開けた。真緒が個室の中にいるのなら、外から話しかけるつもりだった。

だが、彼女は洗面所の前にいた。うっすら涙ぐんだ目、青ざめた顔。

彼女はわたしを見て、目を見開いた。

「どうして……」

ああ、あのときと同じだ。悔恨を忘れようと、ずっと閉じ込めていた記憶。

真緒の指に目がいく。孔雀《くじゃく》みたいな色のジェルネイル。やけに節の目立つ指。

酒井さんが言っていたのだ。食べて吐くダイエットをするためには、指を喉の奥まででつっこんで吐かなければならない。だから、指の角質が固くなる。

それは、吐きダコと呼ばれるのだと。

酒井さんの指にもそれがあった。

わたしは、口を開いた。

「あのね……どうしても言いたいことがあったの」

早口でわたしは続ける。

「真緒は、わたしの人生はどこにあるのって言ったけど、これがわたしの人生だと思っている。誰に自慢できなくても、持ってないものだらけでも、誰かから見てみっともなくても」

誰かのお眼鏡にかなうように、必要なものを集めても、それがわたしを満たすわけではない。

「わたしは無職で、恋人もいなくて、友達だって少なくて、そしてメンタルクリニックにも通っている。でもこれがわたしの人生なの」

ようやく、自分にとって大事なものを拾いあげることを覚えた。

誰かに見せるためではなく、自分の掌にのせるために。

真緒が小さく口を開けた。

「メンタル……クリニック……」

たぶん、彼女にもそれが必要なのだ。

わたしは彼女に手を伸ばした。もう一度、あの高校生のときに戻った気がした。

今度は違う方の道を選ぶ。

第九章

香澄からメッセージが届いたのは、日曜の夜、ちょうど久澄が風呂から上がったときだった。

働いている間は、憂鬱《ゆううつ》で仕方がなかった日曜の夜。もう月曜だからといって、どこかに出勤するわけではないのに、なぜか嫌な気分だけはいつまでも残っている。

今のわたしにとっては、毎日が休日だ。それがうれしいというわけではないし、コンプレックスや焦りはあるけれど、それが恵まれた立場であることは理解している。

髪を拭きながら、着信音が鳴った携帯電話を手に取る。

「再来週の火曜日、空いてる？」

一行だけのメッセージ。香澄らしくないと思う。

彼女はいつも、予定を聞くときは、なにがあるのかを先に教えてくれる。たとえば、「映画につきあってほしいんだけど、十日空いてる？」とか、「相談したいことがあるけど、土曜の夜って空いてる?」とかいうふうに。

香澄自身が、なにがあるか知らされないで、予定を聞かれるのが嫌いだと言っていた。

「だってさ、合コンならパスだけど、悩みを相談したいというのなら、駆けつけるってこともあるじゃない」

その通りだと、わたしも思う。友達と会うにしても、あまり顔を合わせたくないメンバーがいるかもしれないし。

不審に思いながら、返信する。

「空いてるけど……なにがあるのか先に教えてよ」

こうはっきり言えるのも、仲のいい姉妹だからだ。

すぐに返事がくる。

「だって、空いてないと言われたら、別の日を提案するだけだし……しのぶさんが、三人で食事をしようって言ってるんだよね」

ウッと声が出てしまった。

いつかそうなるんじゃないかと思っていた。

これまでも食事に誘われたことはある。一年に一度くらい、香澄を通じてお誘いがある。

これまでは、仕事が忙しいとか、体調が悪いと言って断ってきた。嘘をついて逃げたわけではない。実際、働いているとき仕事は忙しかったし、パニック障害を発症してからは、知らないレストランで緊張しながら食事をするなんてとても無理だった。香澄もそれをわかっていて、無理強《じ》いをするようなことはなかった。

だが、今回は断るわけにはいかない。まだ通院中で、薬も飲んでいるが、わたしはしのぶさんからお芝居のチケットを何枚ももらい、アルバイトという名目で、お小遣いまでもらっている。

会わないのは不義理が過ぎるだろうし、なにより、しのぶさんに嫌われて、もうお芝居のチケットをまわしてもらえないのは悲しい。

こないだのように、幕見席なら自分でも行けるだろうし、国立劇場の安い席ならば、二千円や三千円で買えることも知った。しのぶさんからのチケットを当てにしなくても、一生歌舞伎が観られないわけではない。

だが、一等席から見える景色は格別だ。役者の表情も、衣装の生地の重さも、オペラグラスを使わなくてもはっきりわかる。

できることなら、たまにでいいから、一等席に座りたいし、オペラだって、もっと観たい。しのぶさんの機嫌を損ねるわけにはいかない。

いや、しのぶさんに嫌われたくないというと、語弊がある。感謝しているし、会ってお礼を言いたい気持ちだってあるのだ。

だが、それを上回る緊張感と、苦手意識があるだけで。

わたしはためいきをついてから、返事をした。

「どんなレストランに行くの？」

「さあ。いつもしのぶさんが選ぶから。お寿司かもしれないし、フレンチかもしれない。おいしいところに連れてってくれるのはたしかだよ」

お寿司と言っても、母とたまに行くような庶民的な回転寿司ではないだろう。カウンターに座っておまかせで食べたことなんてないし、フレンチも数えるほどしか経験がない。

「そんなに緊張しなくて大丈夫だよ。わたしなんかしょっちゅう叱られてるけど、聞き流してるし、しのぶさんは久澄のこと心配しているから、あんまりきついことは言わないと思う」

安心させようとして言ってくれたのはわかるが、気持ちが軽くなるわけではない。

香澄なら叱られていると言ったって、些細《ささい》なことだ。医大をストレートで卒業し、医者という職業について、自立してる。

わたしが彼女なら、しのぶさんからなにを言われようと笑っていられる。

今のわたしは、小さなことを咎《とが》められただけで、自分をすべて否定されたような気持ちになってしまう。胸を張って自慢できるようなことがなにもないのだから、仕方がない。

「じゃあ、しのぶさんに返事するけど、再来週の火曜日でいいよね」

スケジュール帳を見るまでもなく、わたしの予定は真っ白だ。

わたしはうなだれながら、覚悟を決めた。

「お願いします」


実際に会うまで十日以上あったせいか、何度も夢を見た。

夢の中で、わたしはしのぶさんの高そうな着物にワインをこぼしたり、場違いなジャージで高級レストランの席に座っていたり、なぜかしのぶさんに喧嘩をふっかけたりしていた。

そして、冷や汗でびっしょり濡れて目を覚ますのだ。

祖母に当たる人と会うだけで、なぜこんなに気が重いのだろう。意地悪なことを言う人ではないことはわかっているのに。

しのぶさんは、ちゃんとしすぎているのだ。

いつもきちんと和服を着て、髪を結い上げて、七十を過ぎているのにお化粧を欠かさない。

お誕生日に花を贈ると即座にお礼状が届くし、手紙はそのままフォントにできそうな美しい字で書かれている。

常に自分が至らないことを責められているような気持ちになる。しのぶさんの方にはそんなつもりはないとしても。

夕食のテーブルでためいきをついていると、母が向かいで渋い顔をした。

「なあに、さっきからためいきばかりついて」

「ごめん。でも、明後日、しのぶさんとの食事会だから……」

実際顔を合わせるのは、五年ぶりくらいだろうか。

「歌舞伎の話をすればいいじゃない。最近、よくテレビでも観ているし」

「うーん……」

普段話す相手は、母しかいないから、観てきた歌舞伎の話をよくしている。母は芸能人の名前すらあまり知らない人だから、まったく興味はないらしいが、ふんふんと聞き流していてくれる。

「でも、くわしいわけじゃないし……まだ数えるほどしか観てないし、頓珍漢《とんちんかん》な感想を言ってしまうかもしれないし……」

「そりゃ仕方ないわよ。しのぶさんは、たしか二十歳くらいからお芝居が好きで、歌舞伎座に通いまくってたらしいもの。今はもう亡くなっている名優の舞台も観てきているし、同じ演目だって、何回も観てるはずよ。あんた、歌舞伎観始めたの、最近でしょ。しのぶさんを唸らせるような感想なんて言えるわけないし、しのぶさんだって、期待してないわよ」

「あうー」

母の物言いはストレートだ。

たしかにまだ、観た演目は数えるほどで、しのぶさんと張り合おうなんて思ってはいない。それでも、わたしが、しのぶさんに気に入ってもらえる理由があるとしたら、お芝居が好きだということなのだ。

香澄も母も、しのぶさんと一緒に歌舞伎を観に行ったけれど、あまり楽しめなかったと言っていた。

そう考えて、はたと気づく。つまり、わたしはしのぶさんに気に入られたいのだろうか。

これまでに何度も誘いを断っているのに、気に入ってもらいたいなんて虫がよすぎる。

それとも、これまでは気に入ってもらえないと思っていたから、会うのを避けてきたのだろうか。

母は、湯飲みにお茶を注いでわたしの前に置いた。

「大丈夫よ。しのぶさんは厳しいけど、意地悪な人じゃないから」

そう、何度も母から聞いた。

結婚したときは、厳しい姑《しゅうとめ》で、何度もぶつかったが、父の不倫で離婚が決まったとき、しのぶさんは母の味方になってくれたのだと。

「これまで厳しく叱られたことが、全部帳消しになったくらいうれしかった」

母としのぶさんは、それから滅多に会っていないと言うが、香澄のことを可愛がっているのも、何らかの罪滅ぼしのつもりなのかもしれない。

「だから、心配しないで楽しんできなさい。直接、しのぶさんにお礼を伝えられる、いい機会じゃない」

たしかにそう言われればそうだけど、気持ちが軽くなるわけではないのだ。しのぶさんが意地悪な人ではないことはよくわかっている。

ただ、しのぶさんの前で恥ずかしくない自分でいられる自信がないのだ。

たぶん、母や香澄には、わたしのこんな気持ちは伝わらないだろう。


レストランに行く前に、香澄と待ち合わせをした。

指定されたのは、ホテルのラウンジだった。ロビーに入るだけで、自分が場違いな気がして、肩身が狭い。

きょろきょろしながら歩いていると、従業員に「なにかお探しですか？」と尋ねられた。つまみ出されるのではないかと不安になったが、さすがにそんなことはなく、ラウンジを探していると言うと、入り口まで案内してくれた。

香澄はまだきていなかったから、ふかふかのソファに座ってメニューを開く。

コーヒーも紅茶も千円で、しかもサービス料がつく。自分で払うと考えると、気が重くなる。香澄はいつもごちそうしてくれるけれど。

他に安い飲み物もなかったので、ミルクティーを頼んで香澄を待つ。運ばれてきた紅茶はポットサービスで、クッキーが二枚もついていた。

十分ほど遅れて、香澄がやってきた。シンプルな黒いワンピースを着ている。

「ごめんごめん。美容院がちょっと長引いちゃってさ」

すっきりしたショートカットのせいか、いつもより大人びて見える。

「似合ってる」

そういうと、香澄は少し面映《おもは》ゆそうに笑った。指先には淡いベージュのネイルが光っている。

香澄の頼んだアイスカフェオレがくると、彼女は背もたれに身体を預けて、足を組んだ。

「あのさ、少し気になることがあるんだけど」

「なに？」

「前話していた、歌舞伎のことを教えてくれるおじさんって、まだときどき会う？」

ときどきというか、これまでほぼ、毎回遭遇している。だが、正直に話して前回のように「お見合いのつもりじゃないか」などと言われるのは嫌だった。

「うん、ときどきね」

「やっぱりおかしくない？　しのぶさん、その人と久澄を会わせたいんじゃない？」

「やめてよ。だって、六十代とか、そんな年齢の人だよ」

わたしは堀口さんに好意を抱いているし、尊敬している。会って話ができることをうれしいと思っている。だが、それは恋愛感情ではないし、そんなふうにほのめかされたりすると、堀口さんと話すことも苦痛になる。

もし、彼がわたしのことを口説くようなそぶりを見せたら、この好意も尊敬も簡単に砕けてしまう。これまでそんなことをしたことがないし、する様子もないから、尊敬できるのだ。

「それに、演劇批評をやってる先生だから、しょっちゅう劇場にいるって言ってたよ」

「それにしたって、都内には劇場がたくさんあるでしょ？」

「会ったのは歌舞伎座がほとんどだよ」

「その人は毎日歌舞伎座にいるの？」

わからない。だけど、いくら姉でも、こんなふうに問い詰められるのは不快だ。

わたしの表情で、自分がきつい口調になっていることに気づいたのか、香澄は「ごめん」と小さく言った。

「香澄は、しのぶさんが、わたしと六十代の男性を結婚させようと考えると思ってるもちろん、年の差があってもお互い恋愛をして結婚する人もいるだろう。だが、他人が年齢差のある相手をくっつけようとするのは、それとはまったく違う。

自分には若さという価値しかないと言われたような気持ちになる。

「さすがに、そうは思わないよ。でも、その人の息子さんという可能性もあるかと思って……それならせいぜい三十代くらいでしょ」

「うう……」

たとえば、好きになった男性と結婚して、そのお父さんが堀口さんのような人ならば、素直にうれしいと思う。だが、父親が息子にお見合いさせる相手を値踏みするなんて、それはそれで不快だ。

「久澄、ごめんね。別に絶対そうだと言っているわけじゃないし、もしお見合いだとしても、それを受けなければならない理由はない。でも、もしそうなら、なにか対策を練った方がいいと思って……」

「対策？」

香澄は身を乗り出して、囁くような声で言った。

「今日、しのぶさんに、その人の話をぶつけてみるの」

もし、しのぶさんがその人のことを知っているなら、動揺するはず。

それが香澄の考えだった。わたしはよくわからない。たとえ、しのぶさんが堀口さんを知っていたとしても、彼女なら、素知らぬ顔をして切り抜けるのではないかという気もする。

しのぶさんは、わたしや香澄より、何枚も上手《うわて》だ。

香澄と一緒に訪れたレストランは、ビルの三十階にあり、真っ白な壁と真っ白な天井に覆われていた。

テーブルには、群青のテーブルクロス、その上に白いテーブルクロスがずらすようにかけられている。お皿もナプキンもあらかじめセットしてあって、とてもきれいだ。

「荒木《あらき》で予約してるはずなんですが……」

香澄がそう言うと、わたしたちは窓際の席に案内された。引かれた椅子に座ろうとすると、香澄がもうひとつの椅子を指さした。

「そこ、上座だからしのぶさんのために空けておいて」

上座や下座なんて、知識としては知っているが、レストランで座るときに気にしたことなどない。しのぶさんが教えてくれるのか、それとも社会人として当然のように知っていなければならないのか。

目の前に一枚の白いカードが置いてある。取り上げてみると、今日のコースの内容が書いてある。

前菜の前にあるアミューズとはなんなのだろうか。前菜が二種類の後、魚料理があり、その後、グラニテを挟んで、肉料理、デザート、プチフール。

どう考えてもこんなには食べられない。メニューから食べたいものを選ばせてはくれないのだろうか。

香澄に聞いてみる。

「メニューってないの？」

これではこのコースがいくらするかもわからない。

「たぶん、しのぶさんがコースも指定して予約してるんだと思う」

そんな会話をしていると、入り口からしのぶさんが案内されてくるのが見えた。

白髪をきれいに結い上げ、抹茶色の付下げを着ている。年齢のわりに背がすらりと高く、堂々としている。バッグはグッチだろうか。着物用のバッグでないところが垢抜けて見える。

香澄が立ち上がったので、あわててわたしも立ち上がる。しのぶさんは迷うことなく、上座に腰を下ろした。わたしたちに座るように合図する。

「ご無沙汰しています……」

しのぶさんはわたしの方を見てにっこりと笑った。

「久澄はずいぶんひさしぶりね。四年ぶりくらい？」

わたしは頷いた。本当は、大学を卒業したとき以来だから、五年ぶりだ。

「身体の方はもういいの？」

「おかげ様で、だいぶよくなりました」

「そう、じゃあ、そろそろ働かないとね」

なにげなく投げかけられたことばに、息が詰まる。母と香澄は、こんなことを言わず、わたしを甘やかしてくれる。それが当たり前の反応ではないのだとあらためて気づいた。

メニューが運ばれてきて少しほっとしたが、どうやらワインのメニューだったらしい。香澄としのぶさんはワインリストを見ながら、赤がいいとかシャンパンがいいとか相談している。

「久澄はお酒は？」

しのぶさんの質問には香澄が答えてくれた。

「久澄は下戸なの」

本当はまったく飲めないわけではない。だが、働いていたとき連れて行かれた居酒屋の、煙草の匂いを思い出すから苦手だ。グレープフルーツジュースをもらうことにする。

ワインが決まると、アミューズが運ばれてくる。木製のスプーンの上にフォアグラとざくろの実がのっている。

スプーンごと口に運ぶと、一瞬で溶けた。甘くてフルーティで、夢のようにおいしい食べ物。

おいしいのに、胸が苦しくなる。自分とは遠い場所にある世界を見せられたような気がした。

思い切って口を開いた。

「あの……いつもお芝居のチケットありがとうございます。いつも楽しませていただいています」

「いいのよ。空席にするわけにはいかないから、頼んでいるだけ。久澄の感想を読むと、自分でも観た気分になれて楽しいわ。久澄に頼んでよかった」

本当は今日、言うつもりだった。チケットをもらえれば、アルバイト代はいらないと。もちろん五千円もらえるか、もらえないかは、今のわたしにとって大きな違いだけど、お芝居のチケットをもらった上にお小遣いまでもらうなんて、あまりにしのぶさんに甘えている。

香澄がワイングラスを揺らしながら言った。

「久澄、いつももらったチケットでお芝居に行くと、ダンディなおじさまに会うんですって、しのぶさんのお知り合いですか？」

あまりにストレートすぎる。しのぶさんは、かすかに眉間に皺を寄せた。

「ダンディなおじさまと言われてもね……。そんな知り合いは何人もいますよ」

わたしはあわてて言った。

「堀口さんという方で、演劇の批評をされているそうです」

「堀口さん……？　堀口さんねえ」

しのぶさんは、やけに考え込んでいる。

「残念ながら、知らないわ」

そう言われたことにほっとする。よく考えたら、幕見席でも会っているのだから、しのぶさんがくれたチケットのときだけではない。

次々運ばれてくる料理は、どれも食べたことがない味がした。ひとつひとつの素材が音楽を奏でるように調和していて、驚きがある。そして、また胸が痛くなる。

食べきれないほどの料理が出たのに、最後に分厚いステーキが運ばれてくる。もう無理だと思いながら、一口食べて、目を見開いてしまう。

これまで食べた牛肉の中で、いちばんおいしい。脂が多いわけではなく、赤身なのに肉の味が強い。香澄もぱくぱくと食べている。

ふいに、しのぶさんはバッグの中から、封筒を取りだした。

「これ、次のお芝居のチケット。来週の火曜日だけど大丈夫かしら」

もちろん、火曜日に限らず、いつだって空いている。

しのぶさんに断ってから、封筒を開ける。緑色のチケットが二枚出てきた。タイトルは『かもめ』だ。作アントン・チェーホフという文字がある。チェーホフなら名前だけは知っている。ロシアの有名な小説家で劇作家。

タイトルがいくつも頭に浮かぶ。『桜の園』『ワーニャ伯父さん』『三人姉妹』。どれも読んだことも舞台で観たこともないのに、学校の授業か受験勉強で覚えたのだろう。

『かもめ』も記憶にあるタイトルだ。

だが、問題はチケットが二枚あることだ。

「これ、二枚あるんですけど……」

そう言うと、しのぶさんは手に持ったワイングラスを置いてから言った。

「二枚いただいたの。だれか、お友達でも誘って」

そんなことを言われても、少し困る。夜とはいえ、平日だし、働いている友達は間に合うかどうかわからないし、そもそもお芝居に興味がある友達はあまりいない。

香澄がチケットをのぞき込んだ。

「歌舞伎？」

わたしが答える前にしのぶさんが言った。

「ストレートプレイよ」

「ストレート？」

聞き慣れない言い回しだ。しのぶさんはすぐに説明してくれた。

「歌やダンスがない、普通のお芝居ね。ミュージカルではないということ」

香澄はわたしの手から、一枚チケットを取った。

「へえー。じゃあ、難しくないんですか？」

「難しくはないと思うわ。歌舞伎と違って現代のことばだし、ストーリーはシンプルだし予備知識などなくてもわかるはずよ」

「じゃあ、わたし、久澄と一緒に行ってみようかな」

そのことばに驚いた。香澄が行ってくれるなら、誰を誘うか悩まなくてもいい。

だが、素直に喜べないのは、香澄が堀口さんのことを気にしているせいだ。

ここでまた堀口さんと会ったら、なにを言い出すかわからない。

たぶん、香澄にはわからないだろう。堀口さんとのことを邪推されるだけで苦痛なのだ。恋愛でも、息子の恋人候補でもなんでもなく、ただ会話を楽しんで、困ったときは手を差し伸べてくれて、でもそれ以上はない。そんな人がいるということが、わたしにとってはとても大事なことなのだ。

デザートのフルーツタルトを食べ終えると、香澄はお手洗いに行くために席を立った。

しのぶさんは、優雅にエスプレッソを飲んでいる。おそるおそる言う。

「あの……しのぶさん」

「なあに?」

ことば選びを間違えないように、ゆっくり話す。

「わたし、しのぶさんからもらったチケットで、歌舞伎が好きになりました。オペラもとても楽しかった。歌舞伎はこの前、自分で幕見席にも行きました」

「なにを観たの?」

「『勧進帳』です」

「そう。いい選択ね」

褒められたのだろうか。『勧進帳』について話したいと思ったが、香澄が帰ってくるまでに伝えたいことがある。

「それで、わたし、チケットがもらえるだけで充分です。アルバイト代なんていりません。お芝居が観られるだけでうれしいんです」

しのぶさんはすっと目を細めた。

もしかすると、気を悪くするかもしれない。だが、あまりにも心苦しいのだ。高いチケットをただでもらって、その上お小遣いまでもらうなんて。

香澄がいないときに言いたかったのは、見栄を張っているようで恥ずかしいからだ。香澄からはお小遣いをもらったり、食事をおごってもらったりしているのに、しのぶさんの前だから虚勢を張っていると思われたくない。

しのぶさんは、すぐには口を開かなかった。心配になった頃、ようやく微笑む。

「気にしなくていいの。もらったチケットで空席を作りたくないし、毎回行ってくれる人を探すのに苦労していたのも、事実だし、チケットはわたしが買ったものじゃない。それに、香澄にはいろいろ買ってあげたり、一緒に旅行に連れて行ったりしているのに、あなたにはなにもしてあげていないから、不公平だと思っていた」

わたしは首を横に振った。

「不公平なんかじゃないです」

わたしは食事に誘われても、理由をつけて断っていた。香澄はしょっちゅう、しのぶさんと一緒に過ごしている。なにかをしてあげたくなるのも当然だ。

しのぶさんは声をひそめた。

「久澄が、心苦しいというのなら、もうひとつ頼まれてくれる？」

「なにを……ですか？」

しのぶさんは、わたしの目をじっと見た。

「香澄のことを気にかけてあげて。あなたも。そして美和子さんも」

第十章

あれはどういう意味だったのだろう。

しのぶさんとの会食から帰って、ワルサと遊んでやりながら、そのことばかりを考えた。

香澄はしっかりした女性だ。わたしだけではなく、母だってそう思っているはずだ。

一笑に付されそうで、母に切り出すのも気が進まない。

しのぶさんには、わたしや母には見えてないものが見えているのだろうか。それとも、香澄がなにかを相談したのだろうか。もし相談したなら、くわしいことを教えてくれればいいのに、と思う。

しのぶさんはメールを使わない。香澄のように気軽に電話をかけられるほど親しいわけではないから、詳細を聞くのは難しい。

なにより、自分の中に複雑な感情が芽生えていることに、わたしは戸惑っている。ずるくない？

もうひとりのわたしが、みぞおちのあたりで腹を立てている。

わたしなんかより、たくさんのものを持っていて、人生うまくやれているのに、ちょっとなにかあっただけで、しのぶさんに心配までしてもらって。

香澄のことが嫌いなわけではないのに、こんなことを考えてしまう自分が嫌いになる。

だけど抑え込もうとすればするほど、その感情ははっきりと重さを持ち始める。

わたしの人生は、少しもうまくいってないし、この先うまくいきそうな気配さえないのに、そんなわたしが香澄のことを心配しなければならないなんて、不公平な気がしてならないのだ。

こんなことを考えているなんて、香澄に知られたくはない。だから、わたしは自分に言い聞かせるのかもしれない。

香澄なら、大丈夫だと。

火曜日、開演の二時間前に、香澄と待ち合わせをした。買い物をしたいからつきあってほしいと言われたのだ。

前日の夜に、香澄から届いたメッセージはどこか弾んでいた。

「ねえ、観劇におしゃれしていく？」

「していかない。いつもと同じ」

チケットの料金は七千円。歌舞伎やオペラとくらべたら高くはないが、それでも自分で買えるかと言えば、手が出ない。自分で買うなら、歌舞伎座の幕見や国立劇場の三等席が限界だ。

場所を調べるのに、劇場のウェブサイトにアクセスしたら、そのホールのキャパシティが五百人と書かれていた。歌舞伎座より、ずいぶん小さい。

そういえば、大学生のとき、友達がやっている小劇場のお芝居を観に行ったことがあった。百人も入ればいっぱいになってしまいそうな劇場で、役者の息づかいまで間近で感じられた。

いろんな舞台があるのだとあらためて思う。このひと月で、どれだけの舞台の幕が開くのだろう。東京に限定しても十や二十どころではないはずだ。

映画館だってたくさんあるし、多くの映画が上映されている。だが、演劇が違うのは、今どこかで演じている俳優がいるということだ。複製ができない、ただ、そのときだけの体験。

目がくらむような気がした。

『かもめ』の戯曲は青空文庫でも手に入るようだったが、できればストーリーを知らずに観たい。歌舞伎ならば、筋書を読んで、予習するけれど、ストレートプレイなら大丈夫だろう。

待ち合わせ場所に、香澄は先に来ていた。ぱっと目を引くオレンジのトップスと黒いマキシスカート。最近、彼女の選ぶ服は大人っぽくなった。足下も踵《かかと》の高いショートブーツだ。

わたしはまったく動けないでいるのに、彼女だけどんどん大人になっていくようで、胸が苦しくなる。

「アクセサリーが買いたくてさ。久澄、率直な感想を聞かせてよ」

正面玄関近くのアクセサリー売り場に足を踏み入れる。わたしはおどおどと彼女の後ろをついて歩く。

「こういうの、どう？」

香澄はショーケースの中を指さす。華奢《きやしや》なプラチナのチェーンに、小さなカラーストーンがついたブレスレット。

「いいね。似合うと思う」

香澄は物怖《ものお》じせずに、店員に声をかけて、そのブレスレットを出してもらった。当たり前のように、手首を差し出して、店員につけてもらっている。

細いブレスレットをつけるだけで、彼女の手首の細さが際立つ。

うきうきしたような様子の彼女を見ながら考えた。

しのぶさんがなぜ、香澄を気にかけるのかわからない。どう考えても彼女は大丈夫だ。

香澄は、そのブレスレットを買うことに決めたようだ。ふと、目に入った値札には、オペラが五回くらい観られそうな値段がついていて、驚く。

(でも、香澄はちゃんと働いて、自分で稼いでいるんだもんね)

香澄はわたしにも「なにか欲しいものはない?」と聞いてくれた。ねだればなにかを買ってくれるのかもしれないが、わたしはこう答えた。

「今は特にないよ」

わたしに似合うものなど、この百貨店のどこにもない気がした。

開場時間を少し過ぎて、劇場に到着した。まだ劇場の前には入場列に並んでいる人がいる。後ろにつこうとして気づいた。少し前に見覚えのある背中があった。

堀口さんの後ろ姿に似ている。焦げ茶のツイードジャケットにも見覚えがある。

正直、困ったなと思った。香澄に堀口さんを紹介するつもりはないし、話しているところを見られるのも嫌だ。

とはいえ、なにも知らない堀口さんに感じの悪い態度を取りたくはない。

気づかないでくれればいいのにと、虫のいいことを考えてしまう。

チケットをもぎってもらって、中に入る。香澄はきょろきょろとあたりを見回している。

わたしは上演時間の表示を探した。

「二時間十分、休憩なしだって。はじまるまでにトイレ行っておいた方がよさそう」

そう香澄に言って、お手洗いの場所を探す。

歌舞伎にくらべたら、ずいぶん短い。むしろ、歌舞伎が長いのだろう。いろんな演目を観て、お弁当を途中で食べて、四時間以上を劇場で過ごす。

オペラもやたら、休憩が長く、幕間にシャンパンを飲んでいる人たちもいた。

いつもより、若い人が多いような気もする。わたしが知らないだけで、人気のある俳優さんが出ているのかもしれない。

いろんな舞台があり、それぞれ上演形態が全然違うのだと考える。わたしが知らない舞台が他にもたくさんあって、これからそれを観ることもできる。

そう思うと、気持ちが上向きになる。

開場したばかりだからか、お手洗いには行列ができていなかった。用を足したあと、お化粧直しをしている香澄を置いて、先にトイレを出る。

トイレを出たとき、目の前を五十代ほどの男性が通り過ぎていった。髪は半分白髪になっているが、すらりとしていて、垢抜けている。

この人知っている、と思った。会ったことがある人と言うより、写真で見たことがあるような気がするのだ。

俳優か、それとも作家や文化人なのかもしれない。

わたしの後に、お手洗いから出てきた同年代の女性と親しげに話しながら、ロビーのポスターを眺めている。女性の方には見覚えはない。

ぼうっと見送っていると、香澄がお手洗いから出てきた。

「パンフレット買う？」

香澄にそう尋ねられて考え込む。

「どうしようかな」

いつもはしのぶさんに送るから買うけど、今回はどうすればいいか聞くのを忘れた。自分のためならば、少しだけでも節約したい。

「お姉ちゃんが買ってあげよう」

香澄はそう言うと、わたしの手をつかんで、物販コーナーに向かった。途中、パンフレットを持った堀口さんとすれ違う。

一瞬、目が合った。堀口さんはかすかに口角だけをあげて微笑み、すれ違った。わたしもぺこりと頭だけを下げた。

前を歩いていた香澄はまったく気づかなかったようだ。

同行者がいるから、声をかけないでいてくれたのか、それとも、わたしが戸惑ったことに気づいたのか。

ほっとすると同時に、申し訳ない気持ちも大きくなる。

次に会ったときに、お詫びできるだろうか。そう考えてから気づく。

また会えるかどうかなどわからない。これまで何度も会うことができていたのは、ただの偶然で、この先、その偶然が二度と起こらないかもしれないのだ。

歌舞伎座に行けば会えるとは限らない。そうなったとき、もう堀口さんと連絡を取る術《すべ》はない。

偶然だけに支えられた、淡いつながり。だからこそ、会って話せることが楽しいのかもしれないけれど、同時にその淡さが不安になる。

香澄は、パンフレットを二冊買って、一冊わたしに渡した。

「ありがとう……」

ふたりで客席に移動する。座席は後方だったが、劇場全体が小さいし、傾斜があるから、見やすく感じる。

香澄はパンフレットを熟読している。主人公はコースチャという青年で、ヒロインはニーナという女性。パンフレットに載っているのは若い美男美女で、それもどこか新鮮だ。

さきほどの背の高い男性と、連れの女性が入ってくる。

わたしは、香澄に話しかけた。

「あの人、どこかで見たことあるような気がするんだよね。有名人かな」

「誰？」

「ほら、今通路を歩いている背の高い……」

後ろを向いているから、香澄には顔は見えないようだ。香澄は少し前のめりになった。

座席に座る前、コートを脱ぐために彼が後ろを向いた。

同時に香澄の表情が強ばった。顔色がすうっと白くなる。

思いもよらない反応だった。まるでショックなものを見てしまったような表情。

「誰？」

そう尋ねたわたしに、香澄はきっぱりと言った。

「知らない」


幕が開いても、しばらく舞台に集中することができなかった。

香澄はなぜ、彼を見て顔色を変えたのか、それなのにどうして知らないと言ったのか。わからないし、舞台がはじまってしまったから聞くこともできない。

大人になるまでずっと一緒に過ごしてきて、彼女のことならなんでもわかるつもりでいた。なのに、いつの間にか、姉は、わたしの知らない誰かになっている。

コースチャは、若く才気あふれる青年で、自分の新しい演劇を上演しようとしている。ヒロインは恋人のニーナ。

黒い服を着たマーシャは、コースチャに恋をしているけれど、自分の思いを押し殺している。そして、教師メドベージェンコはマーシャに恋をして、思いを告げようとしている。

一方通行の片思い。ニーナとコースチャは思い合っているけれど、他の人たちは誰も気持ちが通じ合っていないように思える。

これは、ラブストーリーなのだろうか。

舞台の準備が整うと、コースチャの母親アルカージナと、その愛人であるトリゴーリンが出てくる。トリゴーリンは成功した作家で、そしてとてもハンサムだ。

コースチャの舞台がはじまり、ニーナが抽象的な台詞を言い始める。

なのに、アルカージナはそれを茶化して笑い、コースチャはそれにキレて、舞台を中断させる。

演劇をやろうと思ったことなどないのに、コースチャの気持ちがわかるような気がした。

なにかを表現しようとする若者の繊細さと弱さが自分のことのように思われる。

チェーホフは百年以上前の作家なのに、少しも古いような気がしない。

コースチャは銃でかもめを撃ち落とし、それをニーナに投げつける。ニーナの気持ちはすでにコースチャから離れはじめている。

やがて、ニーナはトリゴーリンに惹かれはじめ、トリゴーリンはあからさまな好奇心とかすかな悪意を持って、ニーナに近づこうとする。

愛ではない。舞台の上のニーナは、澄んだ瞳でトリゴーリンを見つめるが、トリゴーリンはこの純粋な娘を誘惑することに、喜びを感じているように見える。

そのふたりの齟齬《そご》が悲しい。

コースチャは、自殺未遂を企て、母親と大喧嘩をする。だが、一方でこの母と息子は似たもの同士で、愛情で繋がっていることも伝わってくる。

ふいに、隣から、啜《すす》り泣くような吐息が聞こえた。

横を見て驚いた。香澄は泣いていた。

お芝居は衝撃的な結末で終わった。

香澄はハンカチに顔を埋《うず》めている。たしかに、お芝居はとてもよかった。コースチャとニーナの恋の結末は、この先忘れられないだろうと思った。

だが、わたしは香澄のように泣くことはできなかった。コースチャの青さや自意識は自分の中にもあるような気がしたが、泣くほどのめり込んだわけではない。

さきほどの男性と連れの女性が、通路を通って客席から出て行く。一瞬、彼と目が合ったが、彼の目にはなんの感情も浮かばなかった。

まったく知らない相手と、一瞬だけ目が合った顔。そう、たぶんわたしも彼を直接は知らない。

だが、なぜ、知っているような気がするのだろう。

ほとんどの客が出て行ってしまってから、香澄はようやくハンカチから顔を上げた。目が真っ赤だった。

「すごくよかった……。きてよかった」

涙声でそう言う。

わたしも感動したが、香澄があまりにのめり込んでいるので、その驚きの方が大きい。姉妹でも、彼女は理系の現実主義者で、一緒に悲しい映画を観ても、泣くのはいつもわたしの方だった。

「うん、よかったね」

香澄は荷物を持って立ち上がった。そして言う。

「コースチャもニーナもわたし自身のことだと思った」

ニーナは、撃ち落とされたかもめを、自分のことだと言った。

トリゴーリンに騙されて、都会に出て、売れない女優として、どさ回りをしながら、彼女はつぶやくのだ。

わたしは、かもめ。

わたしはニーナの気持ちはわからない。ただ、可哀想だと思うだけだ。

香澄と別れて、家に向かう電車に揺られながら、ずっとニーナのことばかり考える。

それでも、彼女は自分の選んだ道を悔やんだりはしなかった。

家に帰ると、留守番をさせられたワルサが不機嫌を丸出しにして、玄関で待っていた。

四本足をつっぱって、全身で怒りを表現する。

母もまだ帰っていないようだから、不満なのだろう。昨日、今日は飲み会で遅くなるから、夕食はいらないと言っていた。

わたしはワルサを抱き上げた。

「ごめんごめん」

ワルサは、喉の奥から低い声を出した。

ワルサにフードをやってから、台所で紅茶を淹れた。

ダイニングの椅子に座って考える。

やはり、鍵はあの男性のような気がする。彼は香澄の知り合いなのだろうか。

不思議なのは、わたしも彼に見覚えがあると言うことだ。

香澄から写真を見せてもらったことがあったのかもしれない。そう考えてみたが、いくら思い返しても、記憶にはない。

過去の彼氏の写真なら見せてもらったが、どれも二十代の男性だった。今日見かけた男性は、五十代くらいに見えた。

一瞬、ある考えが胸をよぎる。

香澄が、わたしと堀口さんのことを邪推するのは、自分が年上の男性とつきあっているからなのだろうか。

いや、もしそうだとしても、その相手をわたしが知っているはずがない
そこまで考えたとき、玄関の鍵が回る音がした。

ワルサがたたたと走って行って、小さく吠える。母が帰ってきたのだ。

「ワルサー、ただいまー。お姉ちゃんもう帰ってるー」

ほろ酔いなのか、機嫌のいい母の声が聞こえた。

「帰ってるよー」

ダイニングから返事をする。

ワルサに先導されて、母がダイニングにやってきた。コートを脱いで、椅子に座る。

「ただいまー。お芝居どうだった?」

「お疲れ。良かったよ。香澄もすごくよかったって言ってた」

彼女が泣いたことを話そうか迷っているうちに、母は背もたれに身体を預けてため
いきをついた。

「ねえ、聞いてよ。明日、会社のウェブサイトに載せる写真を撮影するって言うのよ」

「なんのために?」

「就職案内のページだって。ずっと勤めて、子育てもした女性社員の話を載せると

か」

「ふうん、いいじゃない」

適当な返事をすると、母は身を乗り出した。

「全然よくない！　前もって言ってくれてたら、美容院にもちゃんと行ったのに」

確かに前日に言われても、美容院に行く時間はない。

「大丈夫。おかしくないよ」

母はいつもきれいにしている。たぶん、美容院だって月に一度は必ず行っているだろう。

ふいに、なにかが心に引っかかった。

今、母は「会社のウェブサイトに載せる写真」と言った。わたしは椅子から立ち上がった。

「部屋に戻るね。お風呂、洗ってあるから、適当に沸かして入って」

階段を駆け上がって、パソコンの電源を入れる。ブラウザを立ち上げると、迷わずに検索エンジンに飛んだ。

そして、香澄が働いている眼科のサイトにアクセスする。

以前、そのサイトをおもしろ半分に見た。香澄の写真も、スタッフ紹介のページこ載っていると聞いたからだ。

スタッフ紹介のリンクをクリックする。

真っ先に現れたのは、半分白髪の男性の写真だった。院長というキャプションがついている。

間違いなく、今日、劇場で見かけた男性だった。

香澄の勤めている医院の院長なのに、なぜ、香澄は挨拶もせず、「知らない」などと言ったのか。

答えはひとつではないかもしれない。だが、わたしはたったひとつの答えしか思い浮かばない。

香澄が自分で言ったのだ。ニーナはわたしのことだと。

香澄は彼と恋愛関係だった。そして、彼が連れていた同世代の女性が、妻だったとしたら。

知らなかったはずはないけれど、はじめて彼が、妻と仲むつまじく過ごしているところを目撃したのだとしたら。

撃ち落とされたかものような気持ちになっても、不思議はないと思う。

呆然《ぼうぜん》と、パソコン画面を眺めながら考える。姉のなにを知っていたつもりでいたのだろう。

そして、もうひとつの可能性に思い当たる。

しのぶさんが、香澄の不倫に気づいていたのだとしたら、どこかから手を回して、院長とその妻に、今日の『かもめ』のチケットをプレゼントすることもできたのではないだろうか。

偶然、院長夫妻が同じ舞台を観にきていたと考えるよりも、その方が自然だ。

そして、それはそのまま別の疑惑に繋がっていく。

毎回、堀口さんと劇場で出会うのは、本当にただの偶然なのだろうか。そこにしのぶさんの意図は、まったく存在しないのだろうか。


数日後のことだった。

夕食後、母が携帯電話でしばらく誰かと話をしていた。

食器を洗っている最中だったから、水音で会話の内容までは聞こえない。洗い終わって、シンクを拭き上げているときに、母が台所に戻ってきた。

「香澄、今の眼科をやめるって。別の勤め先を探すって言ってる」

わたしは息を呑んだ。職場を離れるということは、院長との関係も終わらせるということではないだろうか。

彼女は、自分でかもめを撃ち落としたのだ。

第十一章

地下鉄を降りて、改札に向かう階段を上がる。

カツカツという自分の足音が、少し新鮮だ。スニーカーはもちろん、少しおしゃれをするとき履いていたローファーも、こんな音はしなかった。

新しいパンプスは、五センチのヒールがあるけれどすいすいと歩ける。貯金を下ろして、えいやっと屋根から飛び降りるような気持ちで買った。

一緒に選んでくれた香澄が言った。

「パンプスだけは絶対、いいものを選ばなきゃ。足が痛いと、憂鬱なことがもっと憂鬱になるんだから」

足に優しいというメーカーのものをいくつも試し履きしてまわって、ようやく納得して選んだ一足だった。今日、はじめて履いてきたけど、ほとんど痛みは感じない。

家に帰るまでこの軽やかさが続けばいいのに、と思う。

今日は、渋谷のカフェで真緒と待ち合わせをしている。

渋谷の街を足早に歩き、教えてもらったカフェに辿り着く。真緒はまだきていないようだから、二階席の窓際に座った。

昨日、わたしはひさしぶりにハローワークを訪れた。

担当になってくれた職員と相談して、いくつか条件に合う求人を探し、履歴書を送った。譲れない条件は、残業が少ないこと。まだハードワークに耐えられるかどうかわからないし、無理をして、また働けなくなっては元も子もない。とりあえずは契約社員からはじめてもいい。

最初から完璧ではなくてもいい。昨日よりも少し前に進めていればいい。

窓から通りを見ていると、真緒がやってくるのが見えた。

眼鏡をかけて、オーバーサイズのコートを羽織っている。なんだか、前よりも纏う空気が柔らかい。

彼女は今、わたしと同じメンタルクリニックに通っている。

真緒が階段を上がって、まっすぐわたしの方にやってきた。

「遅くなってごめん。お弁当箱買ってたの」

「お弁当箱？」

真緒はトートバッグから、小ぶりな二段の弁当箱を取り出した。漆塗りを模した和風のデザインのもので、蓋には桜の絵が描かれている。

「お弁当作るの？」

真緒は首を横に振った。

「どれだけ食べていいのか、まだ自分でわからないから、お弁当箱がいるの。これに入った分がだいたいひとり分」

拒食症になると、満腹中枢がうまく働かなくなるのだと聞いた。その弁当箱が、彼女にとって、回復するためのツールになるのだろう。

「外食だと、だいたいひとり分を食べればいいんだけど、自分で作ったり、取り分け式だと、まだ全然わからない。控えすぎると、後で反動がくるから、ひとり分はちゃんと食べないといけないの」

「大変だね……」

そう言うと、真緒は少し笑った。

「でも、今は吐くのは我慢できてる。食べ過ぎてしまっても、絶対吐かない。体重が増えても、それより今は拒食と過食を繰り返さないようにするのが大事だから……」

真緒も前に進もうとしている。わたしは気になっていたことを話した。

「彼氏にも話した？」

「拒食症のことは、まだ言えてない。でも、彼の友達と一緒に遊ぶのは、あまり楽しくないってことは言った。無理しちゃうし……なんか大事にされてないような気持ちになるし、会う回数は減ってもふたりきりで会いたいって言ったら、そこからはそうしてくれてる」

「そうなんだ。よかったね」

真緒の彼氏が、真緒の気持ちを軽く扱わない人でよかったと思う。

「久澄の方は？　なにか変わったことあった？」

カプチーノを飲んでいると、真緒にそう尋ねられた。カップを置いてから答える。

「昨日、ハローワークに行ってきた」

「どうだった？」

「うん、いくつか履歴書送ってきた」

ハローワークの担当者は、親身になって、企業に受けのいい履歴書の書き方まで教えてくれた。大学で就職活動したとき以来だから、履歴書の書き方なんてすっかり忘れている。

「まだ、若いからきっと大丈夫だよ」

そう言ってくれた真緒に、わたしは笑顔を作る。

「ありがとう」

そう。ハローワークの担当者もそう言ってくれた。でも、そのことばで、励まされる一方で、どうしようもなく不安になるのも事実だ。

若さは、どうやっても目減りしていくものでしかないから。もし十年後や、二十年後に身体を壊して働けなくなったら、たぶんもう「若いから大丈夫」と言ってはもらえない。

たぶん、母も香澄も今とは違う状況になっていて、今のように寄りかかれるかどうかもわからないのだ。

真緒が視線を外に向けた。つぶやくように言う。

「たとえ、病気をしても困らなくて、治ったとき、また働きやすい社会だったらいいのにね」

真緒は、アパレルの仕事をまだ続けている。でも、今働いているから不安を感じないわけではないのだと思う。

紙一重で踏みとどまった人だって、足下に広がる穴の暗さと深さから目をそらすわけにはいかないのだろう。

真緒の携帯電話から着信音が響いた。真緒が画面をチェックする。

「中尾《なかお》ちゃん、もうすぐ到着するって」

「あ、うん」

知らない人に会うのは少し緊張する。

今日、真緒と会ったのは、彼女の友達を紹介したいと言われたからだ。

一昨日、家にやってきた香澄に、わたしは思っていたことを切り出した。

「わたし、就職活動するから」

畳に腹ばいになって、ワルサと遊んでいた香澄は、驚いたようにわたしを見た。

「本当？　仲間じゃない」

香澄も前の職場を辞めて、今、求職中だ。とはいえ、立派な免許を持った香澄と、わたしでは状況はまったく違うけど。

わたしは彼女の横に正座した。

「それで、ワルサのことだけど……」

「ああ」

香澄はわたしがなにを言おうとしているか気づいたのだろう。身体を起こして横座りになる。

「もし、就職が決まったら、今みたいにワルサとずっと一緒にはいられない。だから、バイト代はいらない。もちろん、散歩行ったり、ごはんやったりはするし、帰ってから遊んであげるようにはするけど、ワルサを連れて帰るか、家に置いておくか、それは香澄が決めて」

香澄はワルサを抱き上げた。

「そっか。その問題があったね……」

ワルサは不満そうに、香澄の腕を後ろ足で蹴る。

「わたしが飼うことにしたんだから、連れて帰るのが筋だよね……久澄には迷惑かけられないし」

わたしは首を横に振る。

「迷惑だなんて思ってない。ワルサの散歩で、定期的に外に出ていたのは、わたしにとってよかったと思うし。だから、ワルサにどっちがいいかで決めて。またハゲても可哀想だし」

「そうだね」

自分の話をしているのがわかるのか、ワルサは、不満そうな声を出した。わたしは手を伸ばしてワルサを撫でた。

「まあ、わたしもすぐに就職決まるかどうかわからないし、香澄だって次の就職先がまだ決まらない状態では返事しようがないだろうから、今すぐ決めなくてもいいけど、一応、先のことも考えておいて」

「うん、わかった」

香澄はワルサを抱いたまま、もう一度畳にころんと横になった。

「わたしも、この家に戻ろうかな……」

「えっ！」

驚いた声を上げてしまった。

「なんか、ひとり暮らしにちょっと疲れちゃった……。この近くで仕事探して、この家に戻ってきたら、ワルサともずっと一緒にいられるし、ワルサも寂しくないだろうし……」

昼間は留守番しなければならないが、夜は三人が家にいる。留守番の寂しさも少しは和らぐかもしれない。

いつも先を走っていると思っていた香澄だって、疲れることはある。

生活の形は少しずつ変わっていく。でも、その中には元の場所に戻る選択肢だってある。

少しだけ、気持ちが楽になった。


その女性は、小走りに階段を駆け上がってきた。

小柄で、チェックのおしゃれなコートを着ている。

「遅くなっちゃってごめんなさい」

元気よくやってきて、わたしの斜め向かいの席、真緒の隣に座る。

真緒がわたしに向かって彼女を紹介する。

「彼女が、同じテナントで働いてる、中尾佳奈実《かなみ》さん。そして、彼女がわたしの高校時代からの友達の岩居久澄さん」

わたしと中尾さんは同時に頭を下げた。

「よろしくお願いします」

真緒から、友達を紹介したいと言われたのは、一週間ほど前のことだった。

「同じテナントで働いていて、いつも休憩室でおしゃべりするんだけど、彼女、少し前に歌舞伎にハマったんだって。それで、歌舞伎の話ができる友達がいないって言ってるから、わたしの友達も最近ハマったらしいよって言ったの。そしたら、ぜひ、紹介してほしいって言われたんだけど……久澄はどう？」

知らない人に会うのはあまり得意ではないけれど、拒絶するほどのことではない。それに、一度会ってしまえば、もう知らない人ではなくなる。だから、答えた。

「わたしも、ぜひ会いたい」

そして、今日、真緒がセッティングしてくれたのだ。

中尾さんは、身を乗り出した。

「岩居さんは、誰のファンなんですか？」

そんなこと聞かれたことなかった。少し考えてみる。

好きな役者と言えば、真っ先に浮かぶ名前がある。いちばん初めに観た舞台で玉手御前を演じていた人、それから『鷺娘』を踊っていて、『勧進帳』で義経をやっていた、美しい女形。

「えーと……中村銀弥《ぎんや》さん……かな」

「素敵ですよね。きれいだし、華があって。わたしは、中村秋司《しゅうじ》さんに一目惚れしちゃって」

その名前も覚えている。『摂州合邦辻』で、俊徳丸を演じていた若手だ。たしかまだ二十代だと、筋書で読んだ。

真緒が話に入ってきた。

「一目惚れって、どんなきっかけで？」

「妹が大学生なんだけど、レポートを書かないといけないからという理由で、一緒に国立劇場の歌舞伎鑑賞教室を観に行ったんですよね。初心者向けで、ちゃんとはじまる前に解説してくれるんです。そこで解説してたのが秋司さん。美形で品があって、もうその日から夢中です。同い年の市川小萩《いちかわこはぎ》さんと、よく恋人役とかやってて、小萩さんもすごい可愛い女形なんですよ」

市川小萩は、『摂州合邦辻』の浅香姫だった。

「でも、歌舞伎って高くないの？」

真緒の質問に、中尾さんは答える。

「一等席や桟敷席は高いけど、幕見なら映画くらいで観られるんですよ。三等Bなら四千円だし。わたしは昼夜どちらかを三等で観て、他に観たいのがあれば、幕見で観ます」

彼女はわたしの方を見た。

「岩居さんは、どんなきっかけで歌舞伎を好きになったんですか？」

「祖母が、チケットをくれたんです。それがこの前の『摂州合邦辻』で……」

「こないだの銀弥さんの玉手！　美しくて妖艶で、素晴らしかったですよね」

中尾さんは前のめりになった。

「秋司さんの俊徳丸と、小萩さんの浅香姫もよかったです」

「そうなんです！　もうまさにお似合いのふたりで」

どんどんテンションが上がる中尾さんを見て、真緒は苦笑いになった。

「なんか、歌舞伎ファンって、もっと高尚な話をしているのかと思ったら、普通に俳優とかミュージシャンのファンと同じなんだね」

「好きになることにジャンルは関係ないです！　好きなものがあることが明日への活力です」

中尾さんのことばに、わたしは大きく頷いた。

「本当にそう！」

もし、しのぶさんからチケットをもらって、歌舞伎や他の舞台を観に行っていなければ、わたしはまだ家にいて、足を踏み出す勇気を持てなかったかもしれない。

そして、この出会いもなかった。

中尾さんが目を輝かせて言った。

「今度ぜひ、幕見席ご一緒しましょう」

「ぜひ！」

堀口さんと話すのも楽しいが、目線の近い人と、盛り上がって話すのもとても楽しい。知識がなくても、楽しんで観ればいいんだと思えてくる。

きっと、江戸時代の女性たちも、こんなふうに楽しんでいたのだ。

真緒まで、「わたしも一度観てみようかな」などとつぶやいている。

わたしは、中尾さんの顔をじっと見た。思い切って口を開く。

「あの、中尾さん」

「はい？」

「実は、ひとつお願いしたいことがあるんです」

彼女は、きょとんとした顔で、わたしを見た。

動画配信のウェブサイトで、そのタイトルを見つけたのは偶然だった。

『オペラ座の怪人』。タイトルを見た瞬間にクリックしていた。以前、一度考えたこ

とかある。堀口さんはオペラ座の怪人のように、劇場に住んでいるのではないかと

そんなふうに想像しながらも、わたしはこの話の本当のストーリーすら知らなかった。

映画だとばかり思っていたのに、パソコンの画面に映し出されたのは劇場だった。広くて、天井が高く、奥行きもある。観たことがないほど大きな舞台。あらためて説明文を読むと、配信されているのは、映画ではなく、ロンドンで行われたミュージカルの公演だった。

贅《ぜい》を尽くした豪華な衣装や舞台装置、舞台の上に立つ人たちも多い。スケールの大きさに息を呑んでしまう。

ミュージカル映画は好きだけど、舞台はまだ観たことがない。歌舞伎のように安い席がそれほどあるわけではない。

カメラは舞台を単調に映すのではなく、アングルを巧みに切り替えて、役者の動きや表情を映し出す。舞台を映像で観るという違和感は、すぐに消えてなくなった。

その名の通りオペラ座が舞台になっていることが、このミュージカルの魅力のひとつだということにはすぐに気づいた。

観客は、『オペラ座の怪人』という舞台の観客でありながら、その演目の中でオペ

ラ座の観客になることもできるのだ。考えただけでも胸が躍る。

クリスティーヌという若く美しい女性がヒロインだ。彼女はオペラ座の怪人から歌のレッスンを受けて、美しい声で歌えるようになり、舞台のメインキャストの代役に抜擢《ばってき》される。

クリスティーヌは幼なじみの青年と再会し、恋に落ちる。だが、怪人はそれを許さない。醜い顔を仮面で隠した怪人は、クリスティーヌに執着し、彼女を連れ去る。

ぎゅっと胸が痛んだ。愛と執着がまったく別だと言い切れれば、どんなにいいだろう。その区別なんて、簡単にはつかないし、怪人はクリスティーヌを心から愛していると思い込んでいる。

観ているうちにわかってくる。堀口さんと怪人はまったく似ていない。わたしとクリスティーヌがまったく似ていないように。

彼はわたしにいろんな話をしてくれたけれど、決して自分の意見を押しつけるようなことは言わなかった。

怪人は醜いから怪人なのではない。誰かをコントロールしようとするから怪人なのだ。だとすれば、怪人は他にいるのかもしれない。

わたしの頭にしのぶさんの顔が浮かぶ。

今朝、しのぶさんからまた一枚のチケットが届いた。

冬の空は、やたらに高く見える。

ワルサに服を着せて、早朝の散歩に出かけた。香澄が買ってきた服だが、なぜかパンダの着ぐるみのような黒と白でフードには耳がついている。たしかに可愛いし、通学の女子中高生にはきゃあきゃあと声を上げられるが、犬がパンダの着ぐるみを着ているという状況はなんだかちょっと不思議な気がする。

たぶん、ワルサ本人は、自分が別の動物の着ぐるみを着せられていることには気づいていないし、女の子に騒がれるのも自分の魅力のせいだと思っているはずだ。

ひどく寒いけれど、ひんやりとした空気が気持ちいいと感じている自分がいた。

去年までは、寒いというだけで落ち込んでいたのに、少しだけなにかが変わりはじめている。

五社に出した履歴書のうち、二社から面接の案内がきた。これがいいのか悪いのかはわからない。履歴書だけで三つの求人先から断られたことはショックだ。自分には会う価値もないのかと、思わずにはいられない。

だが、二つは来週面接を受けることができる。最悪ではないし、その二つから断られても、また次に行けばいい。

少なくとも今はそう思えている。

歩けなくなったら、もう一度歩き出す勇気が出るまで立ち止まればいい。二度目だから、今度はもっと早く立ち止まるか、逃げるか、どちらかを選べると思う。自分を壊してしまうよりずっといい。

昨日の夜、遅くまでインターネットで調べ物をしてしまったから、少し眠い。早起きの習慣をつけるために、頑張って起きたが、散歩から帰ったら、出かけるまでの間、少しソファで仮眠をとってもいいかもしれない。観劇中に居眠りをしてしまうのはもったいない。

しのぶさんから送られてきたチケットは、今日の夜の部のものだった。即座に演目を調べると『通し狂言義経千本桜』とあった。

これまでは、三つか四つくらいの演目を休憩を挟んで観ることが多かったが、今月は昼の部と夜の部も合わせて、ひとつの演目を上演するらしい。

もともと、江戸時代は早朝から夜まで、通しでひとつの演目をやっていたと聞く。今はそんなに長い間観劇できる人はいないし、あまりおもしろくない幕や、上演されなくなった幕などがそぎ落とされていった結果、今の形になったようだ。

『義経千本桜』という題名だが、調べてみると、源義経は主役ではなく、脇役だった。

昼の部は『鳥居前《とりいまえ》』『渡海屋《とかいや》』『大物浦《だいもつのうら》』『道行初音旅《みちゆきはつねのたび》』とあり、わたしが観る予定の夜の部は『木の実』『小金吾討死《こきんごうちじに》』『すし屋』『川連法眼館《かわつらほうげんやかた》』となっている。

『渡海屋』と『大物浦』はこの前、テレビで放映されていたのを録画して観た。

実は壇ノ浦で生きていた平知盛《たいらのとももり》が、船宿の主人になりすまして義経の命を狙うという大胆な物語だった。

発想のおもしろさと、後半、誇り高く戦って、最後に死を選ぶ知盛の雄壮さに心を奪われた。昼の部のチケットはないが、後日幕見席で観に行くつもりだった。

夜の部の演目は、まだ観たことはないが、調べてみると、前半はいがみの権太《ごんた》というオリジナルのキャラクターが主人公で、後半は佐藤忠信《さとうただのぶ》に化けた狐《きつね》が主人公だという。

長い演目は、おもしろい幕とそうでもない幕があるから、通しで上演されることはめったにないが、この『義経千本桜』は、どの幕も名作揃いだから、今でも頻繁に舞台にかかっているらしい。

映画は、観る前に内容を知りたいとは思わないし、楽しみにしている映画の場合は、あえて予告編なども観ないようにする。一度、ラストシーン近くの重要な場面を予告編で観てしまって、がっかりしたことがあるからだ。

観ようかどうしようか迷っている映画なら、予告編を観たり、映画の公式サイトであらすじを読んだりするが、それでもあまり深いところまでは知りたいと思わない。

だが、歌舞伎やオペラなどは、あらかじめ調べていった方がより楽しめるように感じる。

知識が、楽しさを底上げするのかもしれない。

散歩から帰って、ワルサの足を洗い、タオルで丁寧に拭いてやる。

そういえば、家にきたときのワルサは、タオルで足を拭かれることが嫌いだった。何度か拭こうとして噛まれたこともある。

最初は嫌がる前にさっと済ませるようにして、我慢できたらおやつのジャーキーをやるようにした。そのうちに、丁寧に拭いても怒らなくなってきた。

ワルサだって、できることは増えているのだ。きっと留守番だってできる。

来月には、香澄も帰ってくる。母は、「今さら、あんたたちの面倒なんか見ないからね」などと言っている。

それでも、母が少しうれしそうに見えるのは、気のせいではないと思う。

ソファで少し昼寝をした後、着替えて身支度をする。洗面所で化粧をしていると、ワルサがのぞきにきて、不満そうな鼻息をもらした。

そのまま自分のベッドに戻って丸くなる。

最近、ハローワークに行ったり、図書館へ行ったり、外に出かけることが多くなったから、少しは慣れてきたのかもしれない。

慣れることは、少しあきらめることに似ている。

もし、わたしに巨万の富や、思い通りにできる魔法の力があれば、あえて外になんて出て行かない。この家にいて、ワルサと遊んだりしながら、好きなときにお芝居を観に行く。

そんなものはないから、わたしは仕方なく働くことを選ぶ。

思い通りにならないことをあきらめ、この社会に適応することを選ぶ。

それでも、好きなものがあれば、少しだけ生きることは容易くなる。ワルサにとっての日だまりのベッドのように。

わたしは声に出して言う。

「慣れないより、慣れる方がいいよね」

慣れなければ、ずっと苦しいままだから、わたしもワルサも、自分が楽に生きられるように現状を呑み込むのだ。

鍵をかけて、家を出る。

最初に劇場に足を踏み入れたときは、なにを着ていくべきか、頭から湯気が出そうなほど悩んだし、着ている服装が浮いていないか不安だった。

今日は、毛玉を取ったカーディガンとウールのスカートだ。相変わらず服にお金をかけているわけではないが、普通に出かけるときの格好でいいのだということは、もう知っている。おしゃれをしたければ、してもいいけれど、着るものに神経質になる必要はない。

後ろの人の視界を妨《さまた》げるような髪型以外なら、好きにしてもいいのだ。

東銀座で地下鉄を降り、コンビニで幕間に食べるサンドイッチを買った。コーヒーだけはサーモマグで持ってきている。

劇場入り口でチケットをもぎってもらい、エスカレーターで三階席に向かう。今回は三階の袖の席だ。舞台は斜めから見ることになるが、代わりに花道はよく見える。幕見席からだと、花道はまったく見えなかった。早めに席に着くと、わたしは買ったばかりのオペラグラスを取り出した。

それで一階の客席をのぞく。覚えておいた座席番号のあたりをじっくり見ていくと、背の高い男性の姿が目に入った。

堀口さんだった。

わたしは深呼吸をして、気持ちを落ち着けた。

自分がなにをやるべきか考える。


はじまったお芝居はおもしろかった。

小金吾という若い武士が、主君の奥方と若君を守りながら旅をしていたが、茶店で休憩するうちに、通りがかった男に言いがかりをつけられ、路銀を騙《かた》り取られる。言いがかりだと明白なのに、騒ぎを大きくするわけにもいかず、泣く泣く路銀を渡す小金吾。

騙し取った男が、『すし屋』で主役となるいがみの権太だ。

茶店の女は、権太の妻だが、権太の悪事を黙認しているわけではなく、なんとかして止めようとしているが、権太は妻の言うことを聞かない。

それでも、権太がただの悪人ではなく、悪いことはするが妻と自分の息子を愛していることは伝わってくる。

古典芸能なんて、道徳的で堅苦しいお芝居のようなイメージがあったが、悪人をあたたかい目で描いたものも多いのだと気づく。

そういえば、弁天小僧も悪人が主人公だが、ピカレスクもののような爽快さがあった。

その次は『小金吾討死』の場だ。華やかな立ち回りだが、タイトル通り、若く美しい武士が無残に討ち死にするまでが描かれている。

どうやら、彼の死が、物語を動かしていくきっかけになるようだ。

一度幕は閉まるが、休憩もなく、続けて『すし屋』がはじまる。

吉野のすし屋が舞台で、お里《さと》という娘と弥助《やすけ》という使用人の恋模様が描かれる。ふたりは今夜、祝言を挙げるらしい。

そこにやってくるのが、いがみの権太。彼は勘当されているが、このすし屋の長男だ。

弥助とお里は奥に引っ込んでしまい、代わりに母親が出てくる。

権太はことば巧みに、母親から金をせびり取る。あきらかに怪しいのだが、母親は勘当しても、権太が可愛いらしく、銀三貫目を権太に渡してしまう。

そこに、主人の弥左衛門《やざえもん》が帰ってくる。

権太は金を桶《おけ》に隠して、奥に引っ込む。弥左衛門は、ふろしき包みを別の桶に隠す。

弥左衛門は、弥助を呼んで、話を始める。

弥助は、実は平 維盛《たいらのこれもり》であり、源氏の追っ手から逃れるため、使用人になって身を隠している。弥左衛門は維盛の父、重盛《しげもり》に恩があるため、なんとしても維盛を救おうとしている。

だが、梶原景時がここに維盛が隠れていることを突き止めたらしい。景時を騙す秘策があるからお里を連れて逃げろと、弥左衛門が告げる。

弥左衛門が引っ込むと、お里が弥助を寝ようと誘う。

ふたりは、夫婦になったのだから、新婚初夜ということなのだろう。お里は甲斐甲斐しく、布団を敷いたり、枕を並べたりしている。

弥助が維盛だと知っている観客にとっては、この恋が成就するとは思えないが、それでも積極的に早く寝ようと誘うお里は、とても可愛らしい。

なかなか寝ようとはしない弥助にしびれを切らして、お里は一人で寝てしまう。

そこにやってきたのは、最初の方で小金吾と一緒に旅をしていた奥方と若君――維盛の妻、若葉《わかば》の内侍《ないし》と六代君《ろくだいのきみ》だ。

再会を喜ぶ若葉の内侍だが、お里が寝ていることに気づく。

維盛は、「弥左衛門が自分をかくまってくれたから、弥左衛門への義理でお里と夫婦になった」と若葉の内侍に説明する。

衝立《ついたて》の向こうから、お里の泣き声が聞こえた。

お里は、弥助が維盛ということも知らず、奥方がいることも知らなかった。ちゃんと話してくれたら、身分違いの恋などしなかったとお里は泣く。

「親への義理で契《ちぎ》ったとは、情けないお情けに与《あずか》りました」

と言うお里のことばが胸に痛い。

そこに、梶原景時の使いがやってくる。これから維盛がいるか詮議《せんぎ》にやってくるという。

お里は維盛たちに隣村に逃げるようにと言う。維盛たちが出て行った後、奥に隠れていた権太が、飛び出してきた。

維盛のことを、梶原景時に注進しに行くのだ。彼は、金を隠したすし桶を抱えて走り出す。

長い幕だったが、少しも退屈しなかった。

幕が閉まった今でも、胸が痛い。

権太は、若葉の内侍と六代君、そして討ち取った維盛の首を、鎌倉方に引き渡す。

梶原景時が立ち去った後、権太は笑顔で弥左衛門に駆け寄ろうとする。

だが、主君を金のために売り渡した権太を、弥左衛門は刺し殺そうとする。

そこまで観たときに、わたしは気づいた。これは、『摂州合邦辻』と同じ構造の話だ。

権太が、梶原に引き渡したのは、本物の若葉の内侍と六代君ではなく、自分の妻と子供で、維盛の首は、討ち死にした小金吾の首だった。

悪に染まっていたように見えた権太だったが、父のために妻子を差し出しても孝行しようとしていた。

それなのに、それに気づかなかった父親に、腹を刺されてしまう。

今のわたしには、忠義や孝行のために妻と子を差し出す気持ちなどわからない。妻と子供が可哀想だという思いもある。

だが、これは今の価値観の話ではないし、完全な創作だ。義経は実在したが、権太は実在しない。わたしは、権太の苦しみや、これまで隠していた思いだけを受け止める。

権太は、虫の息で、すべてを告げる。弥左衛門も、母も、お里も悲しみに暮れる。

リアリティのある話ではないが、その現実的でないところが魅力的だと感じた。物語に羽が生えて飛び立つみたいだ。

歌舞伎という形式、役者の肉体や台詞回しが、その世界にあきらかな実体を与えていた。

一方で思う。

断罪してはいけない。わたしは、説明を聞かねばならない。堀口さんからも、しのぶさんからも。

彼らはわたしなんかよりずっと大人で、うまく言いくるめられてしまうかもしれないけれど、それでも話を聞かずに断罪するつもりはない。

わたしは席を立って、エスカレーターで一階に降りた。

堀口さんは先ほど確認した席に座ったまま、筋書を読んでいた。わたしは、深呼吸をして声をかけた。

「堀口さん、こんにちは」

筋書から顔を上げた彼の顔は驚いていた。

そう、これまで会ったとき、彼はわたしを見て驚きはしなかった。

「岩居さん、いらしてたんですか？」

「ええ、きていました」

彼が驚いた理由は、わたしがしのぶさんからもらった切符の席に座っていなかったからだ。

ひとつ前の席に、中尾さんが座ってお弁当を食べている。そこがわたしがもらった切符の席だった。彼女は振り返って、わたしに手を振った。わたしは手を振り返してから堀口さんに言った。

「あの席は友達と交換したんです。わたしは三階席で観ています」

「そうだったんですか……」

そうつぶやいてから、堀口さんははっとした。

もし、堀口さんがわたしがどこに座るかをまったく知らなかったのなら、「あの席は」と言われても、きょとんとするだけだったのではないだろうか。

彼は普通に相づちを打った。わたしが話したことに納得した。

ごまかされないことを祈りながら、わたしは尋ねた。

「堀口さん、しのぶさんのことを御存知ですよね」

堀口さんは答えた。

「よく知っています」

肩から力が抜けた。堀口さんが嘘をつかなかったこと、それがうれしかった。

「しのぶさんから頼まれたんですか？　わたしと話をしろと？」

「いいえ、それは違います」

堀口さんは時計を見て言った。

「もし、お時間があるなら、舞台が終わってからお話ししましょう。逃げたりはしませんし、ちゃんと全部説明しますから」

わたしは、頷いた。たしかにお手洗いにも行きたいし、サンドイッチも食べたい。

堀口さんが逃げないというなら、わたしはそれを信じる。


次の幕がはじまってからも、気持ちが昂ぶって、舞台に集中できなかった。

堀口さんは、わたしを不躾《ぶしつけ》だと思ったかもしれない。しのぶさんは、わたしにもうチケットをくれないかもしれない。

それでも、真実が知りたい。

以前、わたしがしのぶさんの名前を名乗ったとき、堀口さんはすぐに偽名だと見抜いた。しのぶさんを知っているとしか思えないのだ。

たぶん、しのぶさんが堀口さんに頼んだのではないだろうか。

わたしの相談相手になってあげてほしいとか、それともわたしの様子を探ってほしいとか、そのようなことを。

香澄が心配していたように、堀口さんと結婚させようとか、堀口さんに息子がいて、わたしを息子の結婚相手にしようなどというのは、これまでの堀口さんの振る舞いからして、考えられない。

しのぶさんがわたしを頼りなく思うのもわかるが、自分の頭越しにそんなことを頼まれるのは、あまりいい気持ちではないのだ。

舞台の上では、義経と静御前《しずかごぜん》が話をしているが、少しも内容が頭に入ってこない。

それが一変したのは、静が鼓を打ちはじめたときだった。

舞台の上に、佐藤忠信が現れる。先ほどの場面にも佐藤忠信は出ていた。同じ人が演じているのに、空気感はまったく違う。

しゃべり方も、どこか軽い身のこなしも。

忠信は、ふたりいる。ひとりは、先ほど、義経に挨拶をしにきた忠信。もうひとりの今舞台にいる忠信は、ずっと静に付き添って、彼女を守り続けてきた忠信だ。

もうひとりの忠信を怪しいと判断した静は、忠信に斬りかかる。

「なに咎あって、だまし討ちに」

そう尋ねる忠信に、静は本物の忠信が現れたことを告げる。

もはや、逃げられないと悟った忠信は、本当のことを語りはじめる。

静が持っている由緒正しい「初音の鼓」という鼓、雨を降らす霊力のある夫婦の狐の皮を張った、その鼓は、自分の親、自分は鼓の子だと告白するのだ。

静はようやく気づいた。

「さては、そなたは狐じゃな」

その瞬間に、忠信は床下に消え、真っ白な狐の姿になって現れた。

狐らしい仕草で、階段の下から静の顔をうかがったり、飛び跳ねたりする。

不思議だった。演じているのは、四十歳くらいの男性なのに、そこにいるのは愛らしい子狐のように見える。

狐は語る。まだほんの子狐のときに、親と別れたから孝行をしたこともなく、それが恥ずかしい。せめても、その鼓に付き従い、鼓の持ち主である義経と静を守りたい、一心で、佐藤忠信の姿を借りていたのだと。

鼓が、音を鳴らして、狐を叱る。迷惑がかかるから、もう森へ帰れと言っているのだ。

狐は、しょんぼりとうなだれて、名残惜しそうに立ち去っていく。

ふと、ワルサを思い出した。狐の仕草には、ときどきワルサを思わせるような部分がある。狐と犬は種族が近いから、仕草なども似ているのかもしれない。

小さな生き物が悲しみに暮れているところを見ると、胸が痛む。

もしかしたら、江戸時代の人たちもそうだったのかもしれない。

気が付けば、隣に座っていた人が啜り泣いていた。


歌舞伎座を出たところで、堀口さんは待っていた。

「寒いですし、立ち話もなんですから、この前行った喫茶店にでも行きましょうか。時間は大丈夫ですか？」

わたしは頷く。まだ終電には充分時間はあるし、たとえ遅くなっても、まだ香澄は目黒に住んでいるから泊めてもらうことはできる。そろそろ引っ越しの準備をはじめていて、いきなり訪ねるのは、迷惑だろうけど、最終手段として。

セルフサービスのカフェで、空席を探す。堀口さんは荷物を置いて言った。

「なにか買ってきましょう。なにを飲まれますか？」

「じゃあ、カフェオレで」

財布を出そうとすると、彼は笑ってそれを制した。

「親子以上に年齢が違うのですから、気にしなくていいですよ」

彼は、カウンターに向かい、カフェオレとホットココアを持って帰ってきた。甘党なんだなと知って、ちょっと微笑ましく思う。

わたしは堀口さんのことをほとんど知らない。

歌舞伎やその他の演劇にくわしくて、物腰が柔らかで、親切で、あまりこちらに踏み込んでこない人。

わたしが知っているのはそれだけだ。

ホットココアを一口飲んでから、堀口さんは口を開いた。

「お芝居はおもしろかったですか？」

「はい。特に、狐忠信のところが」

最後に、狐は義経から初音の鼓をもらい、大喜びで森に帰っていく。子犬のようこ前足で、鼓を転がして遊び、鼓に頰を擦りつけて、喜びを表現する。

すし屋は胸が苦しくなるような演目だったが、最後に狐忠信の演目を観たことで、晴れやかな気持ちで劇場を後にすることができる。

「わたしが、しのぶさんとはじめて一緒に観たのも『義経千本桜』の通しでした。歌舞伎座ではなく、国立劇場だったかな？」

いきなり話がはじまり、わたしは背筋を伸ばす。

「当時のわたしは、まだ大学生で、歌舞伎に興味を持ち始めたばかりでした。しのぶさんはすでに結婚されていて、息子さんは中学生だという話でした」

わたしの父だ。父の子供時代なんて、少しも想像できない。

「国立劇場の二階席で、わたしとしのぶさんは偶然隣の席になりました。わたしは、お金のない学生だったから、弁当など食べずに空腹のまま舞台を観ていました。静かな場面でお腹が盛大に音を立てて、恥ずかしかった。その次の幕間に、しのぶさんがわたしにサンドイッチをすすめてくださったのです。舞台が終わったあと、わたしたちはしばらく歌舞伎について、お話をしました」

たぶん、父の年齢を考えると、四十年くらい前だろうか。その頃、しのぶさんは三十代だ。

「しのぶさんは、とてもおきれいな方でした。もちろん今でもおきれいでしょうけど。当時のわたしにとっては、年上で歌舞伎のことをよく知っていて、疚《やま》しい気持ちなど抱きようのないくらいまぶしい人でした」

堀口さんは、まるで今のしのぶさんのことを知らないように語っている。わたしは戸惑ったが、そのまま話を聞くことにする。

「わたしが苦学生だということを知ったしのぶさんは言ったのです。自分は月に一度歌舞伎を観にくる。平日の昼の部でよければチケットを取ってあげるから、わたしと一緒に観劇しませんか。ひとりで観るのはつまらないから、と」

堀口さんは目を伏せた。

「当時のわたしは、まだ世間を知らなかった。しのぶさんは、いいところの奥様で、自由になるお金もたくさんあるのだと思って、甘えてしまった。しのぶさんの家は呉服屋を営《いとな》んでいたと聞きました」

わたしは頷いた。

「ええ、もう畳んでいますが、曾祖父がはじめたお店だったそうです」

当時は、曾祖父や曾祖母もまだ元気だった時代だ。祖父は病気がちで、あまり働けずに、しのぶさんが中心になって、お店を切り盛りしていたと以前、香澄から聞いた。

家にお金はあったかもしれないが、しのぶさんの自由に使えるお金はどのくらいあったのだろう。

祖父は若くして亡くなった。父が成人し、曾祖父と曾祖母が亡くなると、しのぶさんは呉服屋を畳み、自宅で華道教室をはじめたのだという。

堀口さんは思い出すように目を細めた。

「しのぶさんと、一緒にお芝居を観るのはとても楽しかったです。彼女は子供の頃から歌舞伎を観ていて、とてもくわしかった。もう鬼籍に入られた役者の名前や芸、あまり上演されない舞台の話など、いろんな話を聞かせてもらった。芝居が跳ねると、彼女はすぐ帰ってしまうから、幕間だけの会話でしたが、いろんな勉強をさせてもらった。一年半ほど、そうやって一緒に舞台を観ました」

堀口さんがかすかに眉をひそめた。一瞬の悔恨が表情に浮かぶ。

「あるとき、劇場でしのぶさんの知り合いに会いました。年配の男性で、しのぶさんと話していたわたしのことをじろじろ見ていた。その月の終わりにしのぶさんから、手紙が届いたのです。中には手紙と、翌月の歌舞伎座の切符が一枚入っていました」

その手紙には、こう書いてあった。堀口さんはそう話した。

「長い間、わたしの道楽につきあってくれてありがとう。諸事情あって、しばらく歌舞伎は観ないことにしました。このチケットは、これまでつきあってくれたお礼です。わたしは行きませんから、ひとりで楽しんでください。この手紙への返事は送らないでください」

「当時のわたしは、まだ世の中のことがよくわかっていなかった。わたしをじろじろと見ていた、あの年配の男性がなにか関係あるのかもしれない、と思っただけでした。大学を卒業し、院に進み、社会のいろんな一面を知ることで、少しずつ、当時のしのぶさんの立場を理解していきました。舅《しゅうと》と姑が健在で、家業をサポートするという立場で、彼女にそれほど自由になるお金があったとは思えない。思い通りに振る舞える自由があったとは思えない。彼女はよく、姑が厳しい人だと口に出していました」

その中で、唯一の息抜きが、堀口さんと一緒に観る舞台だったのかもしれない。

「そして、既婚女性が若い男性と一緒にいるのを見て、友達同士だとは考えられない人がたくさんいることも……」

堀口さんはそう言って、ぎゅっと唇を引き結んだ。

その年配の男性が、曾祖父か曾祖母に告げ口をしたのかもしれない。だから、しのぶさんは堀口さんと舞台を観に行くことができなくなった。

「ずっと、悔恨がありました。しのぶさんの申し出に甘えてしまったことも、そのせいで彼女を辛い立場に追いやってしまったのではないかということも……いつか、劇場でお目にかかることができたら、お詫びとお礼を言おうと思っていました。でも、それも叶わなかった。彼女が舞台を観ることをやめてしまったのなら、こんなに辛いことはない。とはいえ、彼女の家庭が今どんな状況かもわからないのに、手紙を出すことはできない」

そのまま何十年も経ってしまった。堀口さんは視線をそらして、そうつぶやいた。

「去年、ふとしたきっかけで、しのぶさんのお花の教室の連絡先を知りました。お連れ合いをとうの昔になくされていることも、そのとき知りました。とはいえ、いきなり電話をかけたりするのは、あまりに不躾だ。だから、手紙と共に歌舞伎の切符を送ったのです」

わたしは息を呑んだ。わたしの予想は外れていた。唯一の正解は、しのぶさんと堀口さんが知り合いだということだけだ。

「しのぶさんはいらっしゃいませんでした。返事もなく、その席は空席でした。一度だけなら、外せない用事があったかもしれないから、もう一度送ってみよう。そう思って送った切符の席に、岩居さんが座っていたんです」

「あの『摂州合邦辻』の……」

「そうです」

しのぶさんは言ったのだ。もらった切符があるから、代わりに行ってほしい、と。しのぶさんは嘘をついていなかった。

だが、しのぶさんならば返事を書いてもいいようなものだ。堀口さんに腹を立てているとか、嫌っているはずはない。そういう人からもらった切符なら、しのぶさんなら突き返す。

ひとつ、仮説が心に浮かんだ。しのぶさんと堀口さんの間になにもなかったのは事実だとしても、しのぶさんの方にはもしかしたら淡い恋心があったのかもしれない。会いたいと思う気持ちの一方で、会いたくない気持ちが大きくても不思議はない。堀口さんと会ってから、四十年。当時から年上で、そこから年齢も重ねている。最後に会ったときのまま、堀口さんの記憶を上書きしない方がいいかもしれない。そうしのぶさんは考えたのかもしれない。

わたしは疑問を口にした。

「あの……幕見席で会ったのは偶然ですよね」

堀口さんは声に出して笑った。

「あれは偶然ですね。もうひとつ、偶然があります。『かもめ』のとき。わたしはあの舞台のチケットをしのぶさんには送っていない。ご自分で買われたのですか？」

わたしは首を横に振る。

「しのぶさんからもらいました。でも、それは他の理由があったんだと思います」

あのチケットは、わたしへ送られたのではなく、むしろ香澄を劇場に呼び出すためのものだったのだろう。あのとき、香澄が自分から行くと言い出さなければ、しのぶさんがことば巧みに、香澄を同行させるように言いくるめたのではないだろうか。

「岩居さんは、しのぶさんの……？」

「孫です」

そう言うと、堀口さんは頷いた。

「面影があると思っていました。当時のしのぶさんよりお若いですが、身内の方だと思っていましたよ」

どきり、とした。わたしはしのぶさんに似ているのだろうか。お世辞だろうと思いながら、うれしく感じている自分がいる。

しのぶさんとわたしはかけ離れていると思っていた。でも、わたしと彼女が似ているのなら、もう少し背筋を伸ばして歩くことができるかもしれない。

わたしは思い切って、尋ねてみた。

「あの、しのぶさんを説得してみましょうか。タクシーだったら歌舞伎座にもこられると思うし……」

堀口さんは笑って首を振った。

「いいえ。しのぶさんのお気持ちにおまかせします。岩居さんに切符を渡した時点で、しのぶさんがわたしに腹を立てていないということはわかりました」

そして、しのぶさんは堀口さんを信頼している。それはわたしにもわかる。

堀口さんは少し寂しげに微笑んだ。

「いつか、お目にかかれたらいいなとは思っています。でも、それは彼女がわたしと会うことを本当に望んでくれたらの話です」

その顔を見て、わたしは忠信狐を思い出した。

何百年を生きた狐でも親を恋うように、大人の男性の中にも寂しさはあるのだ。

エピローグ

地下に出る階段を上ると、光が目に飛び込んできた。

八月の日差しは凶暴なほど明るい。外を五分歩いただけで、ひからびて、カラカラになってしまいそうだ。

先月は、何度か休日出勤したから、その分、今日は午後休を取ることができた。四月から働き出した食品製造の会社は、忙しいときは忙しいけれど、その分、代休は取らせてくれる。

新卒で入った会社よりも、お給料は下がってしまったけれど、社内の風通しはいい。四十代や五十代の女性も前の会社より多いし、今子育て中で、時短勤務している同僚もいる。

ただ、それでも自分が東京でひとり暮らしをしていたら、いろいろ大変だろうなと思うことはある。

実家が都内で、同居の母と姉も働いている環境だから、お給料が少なくても、趣味にもお金を使えるし、それほど不安を抱かずに生きられる。

だが、自分が恵まれていることに罪悪感を抱くのはもうやめる。

頼れるものは頼り、利用できることは利用する。完璧に自分ひとりの足で立っていないことで、自分を責めたりはしない。

いつか、本当に自立してひとりで生きてみたいという夢はあるけれど、それを叶えるために、今できることをやるのだ。

わたしが働きはじめても、ワルサがストレスでハゲを作るようなことはなかった。香澄が帰ってきて、家に人が増えたからだろうか。

ワルサだって、ひとつできることが増えたのだ。そう思うと勇気が湧いてくる。

わたしは汗を拭いながら、老舗の和菓子屋さんに入った。そこで豆大福をふたつだけ買う。

今日は、はじめてしのぶさんと歌舞伎を一緒に観る。

わたしから誘ったのもはじめてのことだ。

就職が決まったとき、しのぶさんからは商品券をいただいた。それで、新しいスーツや鞄なども買うことができて、とても助かったのだ。

わずかながらボーナスももらったし、八月の歌舞伎座は三部制になっていて、一等席が少し安い。

おそるおそる提案してみると、しのぶさんは目を丸くした。

「久澄が誘ってくれるなんて、うれしいわねえ」

わたしははじめて、自分のお金で一等席を二枚買った。

働いてはいるけれど、普段なら歌舞伎は三等でしか観ない。それでも、毎月昼夜、欠かさずに通っている。すごくよければ、もう一度幕見で観たりもする。

SNSで歌舞伎好きな人たちと繋がって、他の人の感想を読むのも楽しい。知り合った人と劇場で会ったら、終わった後、お茶を飲んで感想を言い合ったりもする。

好きなことは世界を広げてくれる。好きなことのためなら、わたしも積極的になれる。

劇場の前に移動し、今月の演目の絵看板を眺めていると、タクシーが劇場の前に止まった。

降りてきたのはしのぶさんだった。裾《すそ》に鬼灯《ほおずき》の模様がある薄緑色の絽《ろ》の着物。白い髪をまとめて、琥珀《こはく》の櫛《くし》を差している。

いつも美しい人で、わたしの憧れの人だけど、わたしはもうこの人に怒られること

ことだ。

を恐れない。

しのぶさんの人生が、いつもずっと正しかったように勝手に思い込むのは、愚かなことだ。

「今日はおまねきありがとう」

そう笑いかけられて、わたしは答える。

「ご一緒できてうれしいです」

開場がはじまったから、劇場内に入る。

しのぶさんの足に負担がかからないように、少し後方で通路側の席を選んだ。

今日の演目は『怪談牡丹灯籠《かいだんぼたんどうろう》』。第一部の演目は、もう少し明るいものだから、そちらを提案したのだが、しのぶさんは第二部が観たいと言ったのだ。

堀口さんにはあれから、一度も会ってない。劇場に良くいると言った堀口さんだけど、完全に偶然に任せてしまうと、こんなにも会えないものなのかと寂しくなる。

それでも、わたしは信じている。

わたしも、堀口さんも劇場に足を運ぶ。だからいつか、また会える日が絶対くる。

しのぶさんは、筋書をめくりながら、にこにことしている。

「わたしはね、この方が贔屓《ひいき》なのよ」

そう言いながら指さしたのは七十代のベテラン役者の名前だ。

贔屓。今なら、ファンとか推しとか言うところだ。美しくて、押しつけがましくないいい言葉だと思う。

その役者の、端正で顔の肉が薄いところは、少し堀口さんに似ている気がした。

「あ……」

ふいに、しのぶさんが小さな声を上げた。

背が高く、細身で白髪の男性が、通路を歩いて行く。その背中には見覚えがあった。

堀口さんにとても似ている。

しのぶさんが立ち上がる。手を伸ばして、その人に向かって歩いて行く。

堀口さんが振り返って、驚いた顔になる。

解　説

西上心太（書評家）

〈恋は？　仕事は？　夢は？　久澄はちゃんと自分の人生に向き合ってるの？〉

近藤史恵さんの作品には、他人によって傷つけられた経験を持つキャラクターが多く登場する。学校、会社、家族、友人、ご近所……。人は生きていく限り、さまざまな場所で自分以外の誰かと関わりを持たなければならない。だが安らげる関係だけでなく、ストレスに感じてしまう関係も多い。そしてそのストレスが高じると、心が壊れる場合もある。

本書のヒロイン、岩居久澄もその一人だ。久澄は会社で先輩社員からセクハラとパワハラを受け、それが原因でパニック障害を起こしてしまう。二十四歳で退職し、それ以降の三年間は実家で母親と二人暮らしだ。母の美和子は大手化粧品会社のラボに勤務する正社員。実家を離れ、最近独り住まいを始めた姉の香澄は眼科医だ。生活費は母が負担し、久澄は家事全般を担当し、毎日母の弁当を作ることで一万円の小遣いをもらっている。そして姉が面倒を見きれず実家に預けた飼い犬の世話代の二万円をあわせた、三万円が久澄の収入のすべてなのだ。この収入で携帯電話の通話料金とメンタルクリニックの診察料などをまかなっている。引きこもりではないが、日々の買い物と犬の散歩のほかにはほとんど外に出ることもなく、「自宅警備員」を自嘲する境遇なのである。

幸い、母親も姉も久澄に対して再就職を働きかけたり、批判的なことを言うことはない。しかしそんな二人と自分を比較して、久澄が自責の念に駆られることもしばしばなのだ。

香澄を通して、父方の祖母のしのぶから、久澄にある依頼が持ち込まれた。祖母は膝を悪くしており、頻繁に出かけられなくなっていた。そのためよくいただく芝居の切符を無駄にしないため、自分に代わって久澄に観てきてほしいというのだ。

久澄の両親は、十年以上前に父の浮気が原因で離婚していた。お花の先生をしているしのぶは自分にも他人にも厳しい人で、香澄とは交流があるが久澄は苦手にしており、もう五年も会っていない。だが祖母と対面するわけでもなく、芝居を観て感想を伝えるのが唯一の条件であった。五千円の日当にも釣られた久澄は、祖母の依頼を受けることにした。こうして久澄が向かった先は東銀座にある歌舞伎の殿堂、歌舞伎座だった。

東京都下に住む久澄は、電車に乗っての久しぶりの遠出《とおで》であること以上に、歌舞伎座で歌舞伎を観るという事態に、あらためて心がすくんでしまう。一万八千円という一等席の値段に気が遠くなりそうになり、観客はセレブか富裕層か、文化資本の豊かな知識人しかいないに違いないと思い込み、それ以前にいったい何を着ていったらいいのかと悩み出すのだ。

あまたの壁を乗り越えた末にたどりついた歌舞伎座で、隣席に座ったのが高級そうなスーツを着た六十代くらいの背の高い紳士だった。白髪交じりで皺《しわ》は多いが背筋がすっと伸びた痩身の人物である。最初の演目が終わった幕間に、久澄は中年女性の不審な行動を目撃する。二列前の座席に置かれた紙袋に入っていた飲み物のペットボトルを、自分が持っていたものとすり替えていたのだ。もちろんそこは中年女性の席ではなかった。気もそぞろなまま二幕目が終わる。気遣ってくれた紳士に、久澄は先ほど自分が見た光景を告げる……。

翌月の二度目の歌舞伎座で、二等席に座った久澄は女性から席の交換を申し込まれる。幕の途中で退席しなくてはならないので、最後列通路側の久澄の席がありがたいというのだ。そして久澄が向かった席はもっとも料金が高い桟敷席だった。だが幕間に久澄は、桟敷に座る自分の写真を撮る男性に気が付く。席を交換した女性と間違えられているのではないか。ところが荷物はあるのに、幕間が終わろうとしても女性は戻ってこない。久澄は再び出会った老紳士にこの出来事を話すのだった……。

　本書の魅力の一つが、劇場に出かけるたびに久澄が遭遇する不思議な「事件」だろう。いわゆる日常の謎（それを逸脱したものもあるが）である。その謎から劇場で出会う老紳士（後に堀口と名乗る）の行動によって、ある推論が導き出されるのだ。とはいえ、堀口が探偵役、久澄が当事者兼ワトソン役というわけではない。歌舞伎やオペラ、ストレートプレイなど優れた演劇に触れることと、謎解きを含む堀口との交流を通して、久澄の心は癒《いや》され、前に進んでいこうとする気力が涵養《かんよう》されていくのだ。

　そして「事件」に関わった者の心底や「事件」の状況と、その時久澄が観た演目のテーマがシンクロし、現実と虚構の世界が一つに溶《と》けあうという趣向が凝《こ》らされていることにも注目したい。本作には単なる日常の謎にとどまらない工夫が施されているのだ。

　何度か舞台に接することで、久澄は歌舞伎に魅《み》せられていく。だが、無二の親友と銀座でランチを取った際、歌舞伎にのめり込むようになった顛末《てんまつ》を語ったのだが、友人から返ってきたのはけっこうなご身分だという言葉だった。それからは口論になり、冒頭にあげた言葉を浴びせられてしまうのだ。

すなわち、「恋は？　仕事は？　夢は？　久澄はちゃんと自分の人生に向き合ってるの？」かと。

だがこの時も、その直後に歌舞伎座の幕見席で出会った堀口によって救われる。「誰かがあなたを責めようとして発することばは、自分が、いちばん言われたくないことばですよ」「傷ついているのはそのお友達です」と。この言葉によって久澄は立ち直ると同時に、自分は被害を受けてきた側だけではなく、他人を傷つけていた過去に気づかされるのだ。

このような印象に残る述懐や台詞《せりふ》があちこちにちりばめられているのが本書の二つ目の、そして最大の魅力なのだ。

「人として正しい形があって、それからはみ出しているわたしは、存在価値がないと言われているような気がする」

「他の人がちゃんとできていることもできなくて、なにかが欠けているのだとばかり思っていた。（中略）欠けているのではなく、ただそこがへこんでいるのかもしれない。（中略）空気がぱんぱんに詰まったボールに戻れるか、それともへこんだままなのかはわからないけれど、へこんだままころがっていくことだってできる」
「歩けなくなったら、もう一度歩き出す勇気が出るまで立ち止まればいい」
「今度はもっと早く立ち止まるか、逃げるか、どちらかを選べると思う。自分を壊してしまうよりずっといい」

久澄と似たような境遇で苦しむ人はもちろん、そうでない者にとっても共感を呼び、胸に突き刺さる言葉ではないだろうか。

久澄は芝居を観ることと堀口との交流によって、ありのままの自分を見つめ直し、前に進む勇気を得る。さらに親友や姉の香澄、祖母のしのぶのように、自分のはるか先を歩いているように思える者も、決して順風満帆《じゅんぷうまんぱん》でないことにも気づかされるのだ。また、最後に明かされる堀口の正体や、祖母との関係にも胸を打たれる。

そして最後の魅力は、本書は歌舞伎入門書の一面も持っていることだ。

歌舞伎って高いんでしょ、何を着ていけばいいの、言葉が分からないんじゃないの、高尚《こうしょう》なんでしょ……。

これはすべて久澄が最初に思ったことだ。歌舞伎に縁がなく敷居が高いと思っている方々は、本書を一読すれば、決してそうじゃないことがお分かりになるはずだ。『摂州合邦辻』『身替座禅』『京鹿子娘道成寺』『弁天娘女男白浪』『梶原平三誉石切』『鷺娘』『勧進帳』『義経千本桜』。これが久澄が観た歌舞伎の演目だ。漢字だらけで読み方もよく分からないけど、この外題（演目名）に、どこか魅力を感じませんか。

時代物、世話物、松羽目《まつばめ》物、変化舞踊。歌舞伎に造詣《ぞうけい》の深い近藤史恵さんは、はからずも久澄が観る舞台にも歌舞伎の代表的な演目を用意してくれた。歌舞伎を観たことのない読者の方も、楽しめる演目なのでお薦《すす》めいたします。

「好きなことは世界を広げてくれる。好きなことのためなら、わたしも積極的になれる」

これはもちろん久澄の言葉です。

一歩を踏み出すきっかけになる小説。そっとあなたの背中を押してくれる小説。たぶん本書はそんな作品なんだと思います。

二〇二二年二月

この作品は２０２０年1月徳間書店より刊行されました。
なお、本作品はフィクションであり実在の個人・団体などとは一切関係がありません。

徳間文庫

歌舞伎座《かぶきざ》の怪紳士《かいしんし》

2022年3月15日 初刷
2023年5月31日 4刷

著者 近《こん》藤《どう》史《ふみ》恵《え》
発行者 小宮英行
発行所 株式会社徳間書店
東京都品川区上大崎三-一-一 〒141-8202
目黒セントラルスクエア
電話 編集〇三(五四〇三)四三四九
販売〇四九(二九三)五五二一
振替 〇〇一四〇-〇-四四三九二
印刷 大日本印刷株式会社
製本

ISBN978-4-19-894726-2 (乱丁、落丁本はお取りかえいたします)